新 我的第一堂 韓語課

最權威、完整、好學的韓語入門書

QR Code 版

中國文化大學
韓文系副教授 ｜ 游娟鐶 博士著

初學者必須掌握的學習重點，
盡在QR Code版《新 我的第一堂韓語課》

　　自從2009年1月《我的第一堂韓語課》上市發行至2012年9月為止，達到初版12刷的紀錄，並且受到中國大陸華東理工大學出版社的青睞，在大陸發行簡體版上市，這些都要感謝韓語學習者的厚愛與支持。現今學習韓語的書籍琳瑯滿目，坊間到處可見，這本不起眼的韓語入門學習書籍，能有如此佳績，讓人感到意外之餘，也覺得它仍有許多不足，尚存有待加強補充說明的地方，加上市面中韓語學習書籍日漸增多，因而也就有了讓它封存絕版的念頭出現。

　　然而，當這本書籍售罄不再印刷出版時，對於從事韓語教學多年的我來說，卻也造成基礎韓語教學上的許多不便。教學時，上課內容重點還是離不開這本書的範疇，應急時，常將重點影印給上課的同學們參考。內心還是覺得初學者必須掌握的學習重點，全部都已記在這本書上，內容不但淺顯易懂，就連最基本的發音、詞彙、動詞尊卑表現與時態變化、基本語法套句練習等，也簡明扼要地分類其中，而且有系統性地編排在內。2017年9月重新排版，並加強每個韓文單字或句子都有標準韓語發音示範。讓初學者可以自學，輕鬆入門。

　　俗話說：「癩痢頭的兒子還是自己的好！」為了教學上的方便，加上學生們的學習需求，以及出版社的企盼重新出發，瑞蘭國際有限公司的總編輯和我進行多次的溝通，我們決定讓它重新改版、修訂、補充之後再度出版發行。我要感謝瑞蘭編輯群持續不斷地給予鼓勵和修正，細心費神地刪減原先生澀難懂的語詞，加強清晰易解的說明，補充羅列簡易的常用會話內容。希望韓語初學者可以透過本書附加的示範發音QR Code掃碼內容，跟著邊學邊說，快速掌握學習韓語的技巧。

重新改版的本書內容，一開始講解基本韓語字母的結構、連音、音變等技巧；詞性應用和語法解說方面，著重在於跳脫僵硬和無趣無味的語法結構說明，採用循序漸進的套句練習方法，淺顯易懂的文字解釋，明白地告訴大家，句型、文法本身不是艱澀、難懂，它是有跡可循的，它是容易學習的。除此之外，本書同時補充近百句的簡易常用生活會話短句內容，方便初學者進行簡單的韓語對話練習。

個人自己認為所學有限，才疏學淺，又常因雜務繁忙，常有遺漏、錯誤之失，尚請廣大讀者見諒與不吝指正。幾千本的新修訂版又見底了，承蒙大家的厚愛。再次感謝瑞蘭國際有限公司的編輯群，細心完成後製編排工作，讓最新修訂版得以順利出版。同時，也希望這本新修訂的韓語入門學習教材，能夠提供學習者在輕鬆愉快的學習情境中，快速打好韓語基礎，再者，搭配字正腔圓的標準韓語示範發音練習，短期內可以琅琅上口，學得滿口標準的韓國話。

各位！您準備好了嗎？我們一起來上《新　我的第一堂韓語課》吧！上了再說！雖然不敢保證大家能夠完全跟韓國人一樣，但是，我們相信學完這第一堂韓語課後，一定會令人刮目相看的。

最後要補充說明一下，有個大一新生第一天上我的課，她告訴我說，她還沒進大學時，自己買了〈我的第一堂韓語課〉自修後，參加TOPIK韓語檢定測驗，取得2級合格證明。是的，只要跟著本書的內容循序漸進學習，完全消化吸收後，沒錯，是可以達標的哦！

游娟鐶

寫於華岡陋室 2022.02.01

如何使用本書

《新 我的第一堂韓語課》是游娟鐶博士憑藉近30年的教學經驗，所整理出最適合韓語初學者的學習教材。只要依照下列學習步驟，就能用最少的時間，獲得最大的學習成效，讓您一次掌握基礎韓語！

學習主題

每篇皆清楚標示主題，讓您掌握即將學習到的內容。

學習說明

在進入詳細解說前，都有概括性的總說明，可先從中獲得完整概念。

說說看！

全書不管是單字、例句都有音檔輔助，邊聽邊說，即可完全掌握韓語發音及變化，達到最好的學習效果。

三、基本單位

關於基本單位，有「數字」、「量詞」、「時間」等用法。依照韓國人的習性，在數字應用上，有2種表現法，一種是採用漢字音（漢字語）數字唸法，另一種是使用純韓文（固有語）數字唸法。

（一）숫자 數字 MP3-053

「韓文數字」用法有2種，一種是漢字音數字唸法，另外一種則是純韓文數字唸法。

說說看！

數字	1	2	3	4	5	6	7	8	9	10
漢字音	일	이	삼	사	오	육（륙）	칠	팔	구	십
純韓文	하나	둘	셋	넷	다섯	여섯	일곱	여덟	아홉	열
數字＋개（個）	한	두	세	네	다섯	여섯	일곱	여덟	아홉	열

數字	20	30	40	50	60	70	80	90
漢字音	이십	삼십	사십	오십	육십	칠십	팔십	구십
純韓文	스물	서른	마흔	쉰	예순	일흔	여든	아흔
數字＋개（個）	스무	서른	마흔	쉰	예순	일흔	여든	아흔

※其他數字說法，請參照「附錄1：實用分類單字篇」

章節

每個跨頁右上角，皆有貼心的章節小提醒，讓您掌握學習進度。

Chapter 5

（二）수량명사 量詞　MP3-054

韓語關於「量詞」的數字表現法，也有2種。有些量詞會用漢字音（漢字語）數字，有些則是採用純韓文（固有語）數字唸法，這是根據韓國人的習慣用法。一般數量較少時，多用純韓文數字唸法，數量大時，可用漢字音數字唸法。例如：

名、人	個	匹、隻	卷、本	碗	杯	張、件
명、사람	개	마리	권	그릇	잔	장

- 학생 일곱 명.　　　　　　　　學生七名.
- → 학생이 일곱 명 있습니다.　　　學生有七名。

- 사과 두 개.　　　　　　　　蘋果二個.
- → 사과를 두 개 먹습니다.　　　吃二個蘋果。

- 고양이 네 마리.　　　　　　貓四隻.
- → 고양이가 네 마리 있습니다.　　有四隻貓。

- 책 다섯 권.　　　　　　　　書五本.
- → 책을 다섯 권 삽니다.　　　買五本書。

- 밥 세 그릇.　　　　　　　　飯三碗.
- → 밥이 세 그릇 있습니다.　　　有三碗飯。

- 커피 한 잔.　　　　　　　　咖啡一杯.
- → 커피를 한 잔 마십니다.　　　喝一杯咖啡。

音檔序號

隨書附贈特請韓籍名師錄製的發音、單字、例句音檔，讓您隨即就能琅琅上口。

表格式歸納整理

依相關內容分門別類整理，將繁雜的「單母音」、「雙子音」或「單位」等內容，簡化成好學易懂的表格，一目了然。

目　次

Chapter 1 韓語基本文字篇　　13

Chapter 2 韓語發音篇　　21

Chapter 3　音的變化篇　　　　　　　　　47

Chapter 5　韓語基本句型篇　　　95

Chapter 1
韓語基本文字篇

一、基本字母

　　韓國文字為表音（拼音）文字，韓文字是朝鮮世宗大王命朝中大臣集思廣益創制而成，西元1443年制定後，於1446年由世宗大王頒布命名為「訓民正音」（훈민정음），從此以後，韓國才開始擁有自己的文字，在此之前，韓國的文字記載皆使用漢字，故史書記載也皆為漢書。

　　在頒布當時，韓文字母原有28個，經由時代演變至今，已簡化成24個基本字母。其中，基本母音有10個，基本子音有14個。

　　韓文字是由子音與母音結合而成，任何單獨的子音或母音皆無法成為一個韓文字。此外，不管子音與母音如何排列組合，其排列方式一定是先子音後加母音。

韓文字母分述如下：

（一）母音　MP3-001

母音	發音		筆順	發音重點
ㅏ	羅馬	a		嘴巴自然張開，發出類似「ㄚ」的聲音。
	韓文	아		
ㅑ	羅馬	ya		嘴巴自然張開，發出類似「一ㄚ」的聲音。
	韓文	야		

母音	發音		筆順	發音重點
ㅓ	羅馬	eo		上下齒顎半開，發出類似「ㄛ／ㄜ」的聲音。
	韓文	어		
ㅕ	羅馬	yeo		上下齒顎半開，發出類似「一ㄛ／一ㄜ」的聲音。
	韓文	여		
ㅗ	羅馬	o		上下齒顎全開，發出類似「ㄡ」的聲音。
	韓文	오		
ㅛ	羅馬	yo		上下齒顎全開，發出類似「一ㄡ」的聲音。
	韓文	요		
ㅜ	羅馬	u		上下唇呈圓形，發出類似「ㄨ」的聲音。
	韓文	우		
ㅠ	羅馬	yu		上下唇呈圓形，發出類似「一ㄨ」的聲音。
	韓文	유		
ㅡ	羅馬	eu		上下齒顎半開，上下唇自然呈現一字形，聲音從喉部輕輕往上提，發出類似「ㄨ」的聲音，但是唇形成上下平行狀，唇形不可縮成圓形。
	韓文	으		
ㅣ	羅馬	i		發音和「一」類似。
	韓文	이		

※羅馬拼音皆以韓國「國立國語院」所頒布之拼音法為主，實際發音請參照音檔發音。

（二）子音　MP3-002

子音	發音		筆順	發音重點
ㄱ	羅馬	g / k	ㄱ	當字首時，發出帶微氣的「ㄎ」音，非字首時，為不送氣的「ㄍ」音。
	韓文	기역		
ㄴ	羅馬	n	ㄴ	位置擺在母音的左邊或上邊時，發出類似「ㄋ」的聲音；當尾音時，發出類似「ㄢ／ㄣ」的聲音。
	韓文	니은		
ㄷ	羅馬	d / t	ㄷ	當字首時，發出帶微氣的「ㄊ」音，非字首時，為不送氣的「ㄉ」音。
	韓文	디귿		
ㄹ	羅馬	r / l	ㄹ	利用舌頭顫動，發出類似「ㄌ」的舌側音。
	韓文	리을		
ㅁ	羅馬	m	ㅁ	發音和「ㄇ」類似。
	韓文	미음		
ㅂ	羅馬	b / p	ㅂ	當字首時，發出帶微氣的「ㄆ」音，非字首時，為不送氣的「ㄅ」音。
	韓文	비읍		
ㅅ	羅馬	s	ㅅ	發音和「ㄙ」類似。
	韓文	시옷		
ㅇ	羅馬	ng	ㅇ	位置擺在母音的左邊或上邊時，不發音；當尾音時，發出類似「ㄤ／ㄥ」的聲音。
	韓文	이응		
ㅈ	羅馬	j	ㅈ	當字首時，發出帶微氣而介於「ㄗ／ㄘ」之間的音，非字首時，為不送氣的「ㄗ」音。
	韓文	지읒		

子音	發音		筆順	發音重點
ㅊ	羅馬	ch		屬於氣音，發音和「ㄘ」類似。
	韓文	치읓		
ㅋ	羅馬	k		屬於氣音，發音和「ㄎ」類似。
	韓文	키읔		
ㅌ	羅馬	t		屬於氣音，發音和「ㄊ」類似。
	韓文	티읕		
ㅍ	羅馬	p		屬於氣音，發音和「ㄆ」類似。
	韓文	피읖		
ㅎ	羅馬	h		屬於帶微氣喉音，發音和「ㄏ」類似。
	韓文	히읗		

※羅馬拼音皆以韓國「國立國語院」所頒布之拼音法為主，實際發音請參照音檔
　發音。

二、文字結構

　　如前所述，韓國文字是表音（拼音）文字，其拼音的原則是由子音配上母音後拼音而成，而經由10個母音與14個子音排列組合而成、符合KSC（韓國標準字）公布的字，高達2,350個。基本上韓文字母的排列組合方式，大約有以下幾種：

（一）子音＋母音

子音	母音

例如：가、나、다、라……

（二）子音＋母音＋子音

子音	母音
子音	

例如：간、난、단、란、안……

（三）子音＋母音＋子音

子音

母音

子音

例如：국、논、돈、롱、옹……

（四）子音＋母音＋子音＋子音

子音	母音

子音	子音

例如：읽、앉、앓、있、닭……

（五）子音＋母音＋子音＋子音

子音

母音

子音	子音

例如：몫、흙、굶……

三、韓文字母表

子音＼母音		1 ㅏ	2 ㅑ	3 ㅓ	4 ㅕ	5 ㅗ	6 ㅛ	7 ㅜ	8 ㅠ	9 ㅡ	10 ㅣ
1	ㄱ	가	갸	거	겨	고	교	구	규	그	기
2	ㄴ	나	냐	너	녀	노	뇨	누	뉴	느	니
3	ㄷ	다	댜	더	뎌	도	됴	두	듀	드	디
4	ㄹ	라	랴	러	려	로	료	루	류	르	리
5	ㅁ	마	먀	머	며	모	묘	무	뮤	므	미
6	ㅂ	바	뱌	버	벼	보	뵤	부	뷰	브	비
7	ㅅ	사	샤	서	셔	소	쇼	수	슈	스	시
8	ㅇ	아	야	어	여	오	요	우	유	으	이
9	ㅈ	자	쟈	저	져	조	죠	주	쥬	즈	지
10	ㅊ	차	챠	처	쳐	초	쵸	추	츄	츠	치
11	ㅋ	카	캬	커	켜	코	쿄	쿠	큐	크	키
12	ㅌ	타	탸	터	텨	토	툐	투	튜	트	티
13	ㅍ	파	퍄	퍼	펴	포	표	푸	퓨	프	피
14	ㅎ	하	햐	허	혀	호	효	후	휴	흐	히

Chapter 2

韓語發音篇

母音篇

二 子音篇

一、母音篇

　　韓文字的字母排列組合，是先有子音，再搭配母音後，拼音而成，每個字的發音一定是子音加上母音後拼出完整的一個字，該字拼出來的音總結成一個完整音，不可同時發出2個以上的音。

　　而母音又可分為「單母音」與「複合母音」，複合母音的組合則是由基本母音，也就是單母音中衍生出來。如下：

單母音（단모음）	ㅏ、ㅓ、ㅗ、ㅜ、ㅡ、ㅣ、ㅐ、ㅔ、ㅚ、ㅟ
複合母音（이중모음）	ㅑ、ㅕ、ㅛ、ㅠ、ㅒ、ㅖ、ㅘ、ㅙ、ㅝ、ㅞ、ㅢ

　　例如，這2種母音與子音搭配時，會變成以下的情況：

子音＋單母音＝ㄱ [g] ＋ㅏ [a] ＝가 [ga]

子音＋複合母音＝ㄱ [g] ＋ㅘ [wa] ＝과 [gwa]

（一）單母音 MP3-004

ㅏ	羅馬拼音：a
	韓文發音：아

 發音重點：
嘴巴自然張開，發出類似「ㄚ」的聲音。

說說看！

- **가게** 店舖
- **도자기** 陶瓷器
- **바다** 海
- **자리** 席位

- **나라** 國家
- **아저씨** 大叔；叔叔
- **개나리** 迎春花
- **사다** 買

ㅓ	羅馬拼音：eo
	韓文發音：어

發音重點：
上下齒顎半開，發出類似「ㄜ／ㄛ」的聲音。

說說看！

- **어머니** 媽媽
- **어제** 昨天
- **두더지** 鼴鼠；土撥鼠
- **대머리** 禿頭

- **어디** 哪裡
- **버스** 巴士
- **아주머니** 大嬸
- **허리** 腰

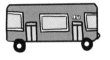

ㅗ	羅馬拼音：o
	韓文發音：오

 發音重點：
上下齒顎全開，發出類似「ㄡ」的聲音。

說說看！

- **모래** 沙
- **포도** 葡萄
- **세모** 三角形
- **오후** 下午

- **오리** 鴨子
- **고래** 鯨魚
- **오늘** 今天
- **오빠** 哥哥（女生稱呼哥哥時）

羅馬拼音：u

韓文發音：우

 發音重點：
上下唇呈圓形，發出類似「ㄨ」的聲音。

說說看！

- **우주** 宇宙
- **부모** 父母
- **소나무** 松樹
- **우유** 牛奶

- **노루** 獐
- **누나** 姊姊
- **배추** 白菜
- **우표** 郵票

羅馬拼音：eu

韓文發音：으

發音重點：
上下齒顎半開，上下唇自然呈現一字形，聲音從喉部輕輕往上提，發出類似「ㄨ」的聲音，但是唇形成上下平行狀，唇形不可縮成圓形。

說說看！

- **흐르다** 流
- **며느리** 媳婦
- **고프다** 餓
- **나쁘다** 壞

- **나그네** 旅人；流浪者
- **모르다** 不知道
- **아프다** 痛
- **기쁘다** 高興

ㅣ	羅馬拼音：i		發音重點：
	韓文發音：이		發音和注音「一」類似。

說說看！

- **비** 雨
- **지리** 地理
- **나이** 年齡
- **기타** 其他、吉他

- **키** 個子
- **아니요** 不；不是（否定之意）
- **기차** 火車
- **그리다** 畫

ㅐ	羅馬拼音：ae		發音重點：
	韓文發音：애		發音和注音「ㄝ」類似。

說說看！

- **개** 狗；個
- **개미** 螞蟻
- **보조개** 酒窩
- **내리다** 下

- **배** 船；梨；肚子
- **무지개** 彩虹
- **새우** 蝦
- **새** 鳥

ㅔ	羅馬拼音：e		發音重點：
	韓文發音：에		發音和注音「ㄟ」類似。

說說看！

- **게** 蟹
- **메기** 鯰魚
- **가게** 店舖
- **세계** 世界

- **제주도** 濟州島
- **제비** 燕子
- **테니스** 網球
- **베개** 枕頭

羅馬拼音：woe
韓文發音：외

 發音重點：
發音和注音「ㄨㄟ」類似。

說說看！

- **외교** 外交
- **구두쇠** 吝嗇鬼；守財奴
- **외국** 外國
- **신뢰** 信賴

- **교회** 教會
- **회사** 公司
- **퇴근** 下班
- **참외** 香瓜

 羅馬拼音：wi
韓文發音：위

 發音重點：
發音和注音「ㄨㄧ」類似。

說說看！

- **위** 胃；上
- **뒤** 後
- **뷔페** 自助餐
- **휘파람** 口哨

- **귀** 耳
- **쥐** 鼠
- **취재** 採訪
- **튀김** 油炸物

※뷔페：拼音上是按照外來語標記，但一般在發「뷔」音時，會轉成「부」的音。

（二）複合母音 MP3-005

卜	羅馬拼音：ya		發音重點： 嘴巴自然張開，發出類似 「ㄧㄚ」的聲音。
	韓文發音：야		

說說看！

- **야구** 棒球
- **주야** 晝夜
- **야외** 野外

- **시야** 視野
- **야자** 椰子
- **야만** 野蠻

ㅕ	羅馬拼音：yeo		發音重點： 上下齒顎半開，發出類似 「ㄧㆤ／ㄧㆤ」的聲音。
	韓文發音：여		

說說看！

- **여자** 女子
- **벼** 稻
- **소녀** 少女
- **혀** 舌

- **여우** 狐狸
- **여름** 夏天
- **겨우** 才；好不容易；僅；只
- **여행** 旅行

ㅛ	羅馬拼音：yo		發音重點： 上下齒顎全開，發出類似 「ㄧㄡ」的聲音。
	韓文發音：요		

說說看！

- **요구** 要求
- **요가** 瑜珈
- **차표** 車票
- **요금** 費用

- **요리** 料理
- **묘비** 墓碑；廟碑
- **수요** 需要
- **교외** 郊外

羅馬拼音：yu		發音重點：上下唇呈圓形，發出類似「一ㄨ」的聲音。
韓文發音：유		

說說看！

- **유리** 玻璃
- **뉴스** 新聞
- **유아** 幼兒；嬰兒
- **규칙** 規則

- **유자** 柚子
- **휴지** 廢紙；衛生紙
- **우유** 牛奶
- **휴가** 休假

羅馬拼音：yae		發音重點：發音和注音「一ㄝ」類似。
韓文發音：얘		

說說看！

- **애** 喂；這孩子
- **걔** 那孩子

- **얘기** 說話（「이야기」的縮語）
- **쟤** 那孩子

羅馬拼音：ye		發音重點：發音和注音「一ㄟ」類似。
韓文發音：예		

說說看！

- **예** 是的
- **시계** 鐘；錶
- **계란** 雞蛋

- **차례** 次序
- **세계** 世界
- **혜택** 優惠

羅馬拼音：wa

韓文發音：와

 發音重點：
發音和注音「ㄨㄚ」類似。

說說看！

- **과자** 餅乾
- **기와** 瓦
- **와이샤츠** 襯衫
- **좌우** 左右

- **사과** 蘋果
- **화가** 畫家
- **과학** 科學

 羅馬拼音：wae

韓文發音：왜

 發音重點：
發音和注音「ㄨㄟ」類似。

說說看！

- **왜** 為什麼
- **홰** 火把

- **돼지** 豬
- **쾌차** 痊癒

 羅馬拼音：weo

韓文發音：워

 發音重點：
發音和注音「ㄨㄛ」類似。

說說看！

- **추워요** 冷啊！
- **가벼워요** 輕啊！
- **뭐** 什麼（「무엇」的縮寫）

- **더워요** 熱啊！
- **무거워요** 重啊！

| 羅馬拼音：we | | 發音重點： |
| 韓文發音：웨 | | 發音和注音「ㄨㄝ」類似。 |

說說看！

- **궤** 櫃
- **꿰매다** 縫補
- **웨이딩** 婚禮
- **궤도** 軌道
- **웨이터** 服務生
- **훼손** 毀損

| 羅馬拼音：ui | | 發音重點： |
| 韓文發音：의 | | 發音和注音「ㄨㄧ／ㄧ／ㄝ」類似。 |

說說看！

- **의거** 依據；義舉
- **의자** 椅子
- **의무** 義務
- **의원** 醫院；診所
- **의사** 醫師
- **예의** 禮儀
- **의문** 疑問
- **저희** 我們（「우리」的謙稱）

重點
提醒

Point 1

　　雖然單母音、複合母音共有21個，但目前韓國的年輕一
代對部分母音已無法明確區分，而出現簡化的現象。

例如：ㅐ、ㅔ、ㅒ、ㅖ會發成[e]

　　　ㅙ、ㅞ、ㅚ會發成[we]

Point 2　MP3-006

　　「ㅢ」的發音會因為發音位置及詞性的變化，而有3種
不同的發音：

（1）當「ㅢ」的發音為頭音時，發[ui] [ㄜㄧ]。

　　　例如：의사（醫師）[의사]

　　　　　　의자（椅子）[의자]

（2）當「ㅢ」不是字頭或緊跟在子音「ㅎ」的後面時，

　　　則發[ui] [ㄧ]。

　　　例如：회의（會議）[회이 / 회의]

　　　　　　희망（希望）[이망 / 의망]

　　　　　　저희（我們）[저히 / 저희]

　　　　　　희생（犧牲）[히생 / 희생]

（3）當「ㅢ」為所有格的助詞時，則發[e] [ㄝ]。

　　　例如：우리의（我們的）[우리에 / 우리의]

　　　　　　언니의（姊姊的）[언니에 / 언니의]

二、子音篇

子音分為「單子音」、「雙子音」、「複合子音」、「尾音」等4種，一一介紹如下：

（一）單子音　MP3-007

單子音的發音可分成「清音」、「濁音」、「送氣音」、「不送氣音」，共14個。整理如下：

分類	發音規則	相關子音
清音	氣息從氣管出來通過聲門時，聲門並未緊閉，氣息自內流出，聲帶不發生顫動，叫做清音。	ㄱ、ㄷ、ㅂ、ㅅ、ㅈ、ㅊ、ㅋ、ㅌ、ㅍ、ㅎ
濁音	氣息從氣管出來通過聲門時，氣息使聲帶產生顫動，發出的聲音是帶音的，叫做濁音。	ㄴ、ㄹ、ㅁ、ㅇ
送氣音	發音時，聲音含有較強烈的氣息聲音。	ㅍ、ㅌ、ㅋ、ㅊ
不送氣音	發音時，聲音不帶氣。	ㅂ、ㄷ、ㄱ、ㅈ

以下將分別介紹「清音」、「濁音」、「送氣音」、「不送氣音」等4種「單子音」的發音：

MP3-008

| 羅馬拼音：g / k
韓文發音：기역 | ㄱ | 發音重點：
當字首時，發出帶微氣的
「ㄎ」音，非字首時，為不
送氣的「ㄍ」音。 |

說說看！

- **가수** 歌手
- **거미** 蜘蛛
- **아가** 孩子
- **가로수** 行道樹
- **구두** 皮鞋
- **야구** 棒球

| 羅馬拼音：n
韓文發音：니은 | ㄴ | 發音重點：
位置擺在母音的左邊或上
邊時，發出類似「ㄋ」的
聲音；當尾音時，發出類似
「ㄢ／ㄣ」的聲音。 |

說說看！

- **나비** 蝴蝶
- **노루** 獐
- **하나** 一
- **너** 你
- **누나** 姊姊（男生叫姊姊時）
- **어머니** 媽媽

| 羅馬拼音：d / t
韓文發音：디귿 | ㄷ | 發音重點：
當字首時，發出帶微氣的
「ㄊ」音，非字首時，為
不送氣的「ㄉ」音。 |

說說看！

- **다리** 橋；腿；腳架
- **두부** 豆腐
- **지도** 地圖
- **도자기** 陶瓷器
- **바다** 海
- **수도** 首都；水道

ㄹ	羅馬拼音：r / l		發音重點：
	韓文發音：리을		利用舌頭顫動，發出類似「ㄌ」的舌側音。

說說看！

- **라디오** 收音機
- **머리** 頭
- **기러기** 雁

- **우리** 我們
- **소라** 海螺
- **유리** 玻璃

ㅁ	羅馬拼音：m		發音重點：
	韓文發音：미음		發音和「ㄇ」類似。

說說看！

- **마루** 地板；迴廊
- **마디** 節；句
- **거미** 蜘蛛

- **모자** 帽子；母子
- **미소** 微笑
- **나무** 樹木

ㅂ	羅馬拼音：b / p		發音重點：
	韓文發音：비읍		當字首時，發出帶微氣的「ㄆ」音，非字首時，為不送氣的「ㄅ」音。

說說看！

- **바보** 傻瓜
- **비누** 肥皂
- **어부** 漁夫

- **보리** 大麥
- **아버지** 爸爸
- **바구니** 籃子

羅馬拼音：s

韓文發音：시옷

發音重點：
發音和「ㄙ」類似。

 說說看！

- **사자** 獅子
- **수저** 匙筷
- **도시** 都市

- **소나무** 松樹
- **나사** 螺絲
- **사람** 人

ㅇ

羅馬拼音：ng

韓文發音：이응

發音重點：
位置擺在母音的左邊或上邊
時， 不發音；當尾音時，發
出類似「ㅇ/ㄥ」的聲音。

說說看！

- **아이** 小孩
- **우유** 牛奶
- **이마** 額頭

- **오리** 鴨子
- **여자** 女子
- **우비** 雨具

ㅈ

羅馬拼音：j

韓文發音：지읒

發音重點：
當字首時，發出帶微氣而介
於「ㄗ/ㄘ」之間的音，非
字首時，為不送氣的「ㄗ」
音。

 說說看！

- **자기** 自己
- **저고리** 韓服上衣
- **지구** 地球；地區

- **자유** 自由
- **주사** 注射；打針
- **기자** 記者

ㅊ	羅馬拼音：ch		發音重點： 屬於氣音，發音和「ㄔ」類似。
	韓文發音：치읒		

說說看！

- **차** 茶；車；次
- **치마** 裙子
- **기차** 火車

- **초** 蠟燭；醋；秒
- **마차** 馬車
- **고추** 辣椒

ㅋ	羅馬拼音：k		發音重點： 屬於氣音，發音和「ㄎ」類似。
	韓文發音：키읔		

說說看！

- **카메라** 照相機
- **키** 個子
- **조카** 姪子

- **코** 鼻子
- **크다** 大
- **소쿠리** 畚箕

ㅌ	羅馬拼音：t		發音重點： 屬於氣音，發音和「ㄊ」類似。
	韓文發音：티읕		

說說看！

- **타자기** 打字機
- **투구** 頭盔
- **코트** 外套

- **투수** 投手
- **도토리** 橡樹果實
- **사투리** 方言

羅馬拼音：p

韓文發音：피읖

發音重點：
屬於氣音，發音和「ㄆ」類似。

說說看！

- **파도** 波濤；海浪
- **피서** 避暑
- **도포** 膏藥；塗抹

- **포도** 葡萄
- **모포** 毯子
- **모피** 毛皮；皮草

羅馬拼音：h

韓文發音：히읗

發音重點：
屬於帶微氣喉音，發音和「ㄏ」類似。

說說看！

- **하마** 河馬
- **허수아비** 稻草人
- **지하** 地下

- **호수** 湖水
- **휴지** 廢紙；衛生紙
- **호랑이** 老虎

（二）雙子音（疊音） MP3-009

　　雙子音排列組合有如雙胞胎，如同一個音加倍、重疊，在韓文中解釋為硬音，文如其意，聲音加重，音量結實、硬挺。共有5個雙子音，為：「ㄲ」、「ㄸ」、「ㅃ」、「ㅆ」、「ㅉ」。

ㄲ	羅馬拼音：kk			發音重點：
	韓文發音：쌍기역			發音和注音「ㄍ」類似。

說說看！

- **까치** 喜鵲
- **미꾸라지** 泥鰍
- **코끼리** 大象
- **토끼** 兔子
- **꼬마** 小孩；小鬼
- **깨** 芝麻

ㄸ	羅馬拼音：tt			發音重點：
	韓文發音：쌍디귿			發音和注音「ㄉ」類似。

說說看！

- **따오기** 朱鷺
- **사또** 使道（朝鮮時期國家派任地方的官員）
- **뜨다** 睜開（眼）；浮；升
- **따뜻하다** 暖和
- **오뚜기** 不倒翁
- **때** 時候

羅馬拼音：pp

韓文發音：쌍비읍

 發音重點：
發音和注音「ㄅ」類似。

說說看！

- **뻐꾸기** 布穀鳥
- **뼈** 骨
- **뿌리** 根

- **아빠** 爸爸
- **뽀뽀** 親吻
- **오빠** 哥哥（女生稱呼哥哥時）

 羅馬拼音：ss

韓文發音：쌍시옷

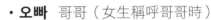 發音重點：
發音和注音「ㄙ」類似。

說說看！

- **싸리비** 掃帚
- **쏘다** 射；螫；挖苦；責備
- **쓰다** 寫；花費；苦
- **씨** 氏（用於姓或名之後，表示尊敬）

- **싸우다** 吵架；打架
- **아저씨** 大叔

 羅馬拼音：jj

韓文發音：쌍지읓

 發音重點：
發音和注音「ㄗ」類似。

說說看！

- **짜다** 鹹
- **쪼다** 剌
- **버찌** 櫻桃

- **가짜** 假的
- **찌다** 蒸；發胖
- **쪽** 邊

（三）複合子音 MP3-010

複合子音的排列組合通常是在尾音的位置，共有11個複合子音，分別為：「ㄱㅅ」、「ㄴㅈ」、「ㄴㅎ」、「ㄹㄱ」、「ㄹㅁ」、「ㄹㅂ」、「ㄹㅅ」、「ㄹㅌ」、「ㄹㅍ」、「ㄹㅎ」、「ㅂㅅ」。根據拼音的基本法則，雖然兩個子音排在一起，但也只能發出一個音，故其中有個音必須隱藏起來，不發出聲音。

ㄱㅅ	羅馬拼音：-k

說說看！

- **넋** [neok] 魂
- **몫** [mok] 分配量
- **삯** [sak] 工資

ㄴㅈ	羅馬拼音：-n

說說看！

- **앉다** [an-tta] 坐
- **얹다** [eon-tta] 擱上；放上

ㄴㅎ

羅馬拼音：-n

說說看！

- **않다** [an-ta] 不
- **끊다** [kkeun-ta] 斷
- **많다** [man-ta] 多

ㄹㄱ

羅馬拼音：-k

說說看！

- **닭** [dak] 雞
- **맑다** [mak-tta] 清澈；晴朗
- **붉다** [buk-tta] 紅
- **긁다** [geuk-tta] 刮；撓

- **늙다** [neuk-tta] 老
- **밝다** [bak-tta] 明朗
- **읽다** [ik-tta] 讀；唸
- **묽다** [muk-tta] 稀

ㄹㅁ

羅馬拼音：-m

說說看！

- **굶다** [gum-tta] 餓
- **닮다** [dam-tta] 像
- **옮다** [om-tta] 傳染

- **젊다** [jeom-tta] 年輕
- **삶다** [sam-tta] 煮
- **곪다** [gom-tta] 化膿

ㄹㅂ

羅馬拼音：-l / p

- **넓다** [neol-tta] 寬；廣
- **여덟** [yeo-deol] 八
- **떫다** [tteol-tta] 澀
- **밟다** [bap-tta] 踏；踩
- **짧다** [jjap-tta] 短
- **얇다** [yap-tta] 薄；淺

ㄹㅅ

羅馬拼音：-l

- **돐** [dol] 週年
- **물곬** [mul-kkol] 水道
- **옰** [ol] 償
- **외곬** [eo-gol] 單行道

ㄹㅌ

羅馬拼音：-l

- **핥다** [hal-tta] 舔
- **훑다** [hul-tta] 剝；脫；捋；打量

ㄹㅍ

羅馬拼音：-p

- **읊다** [eup-tta] 吟；詠

ㄹㅎ

羅馬拼音：-l / lh

說說看！

- **뚫다** [ttul-ta] 鑽；穿；鑿
- **앓다** [al-ta] 患病
- **끓다** [kkeul-ta] 煮開
- **꿇다** [kkul-ta] 跪

- **싫다** [sil-ta] 討厭
- **잃다** [il-ta] 丟；失
- **닳다** [dal-ta] 磨損
- **옳다** [ol-ta] 正確

ㅂㅅ

羅馬拼音：-p

說說看！

- **값** [gap] 價

없다 [eop-tta] 無

（四）尾音 MP3-011

尾音又稱墊音，韓文為「받침」，共分成7種尾音，整理如下：

相關尾音	羅馬	發音規則
ㄱ、ㅋ	-k	類似中文的入聲，卡在喉根部位。
ㄴ	-n	鼻音，氣息往鼻腔上提到一半時，舌頭抵住上下齒顎，不要讓聲音直往上衝。
ㄷ、ㅅ、ㅈ、ㅊ、ㅌ、ㅎ	-t	聲音不用全然發出，卡在喉根部。
ㄹ	-l	舌顫音，舌頭震動，類似中文的捲舌音，但不用捲得太厲害，自然微捲即可。
ㅁ	-m	收音，唇形緊閉。
ㅂ、ㅍ	-p	收音，唇形緊閉。
ㅇ	-ng	鼻音，聲音往鼻腔上提，氣息充滿鼻腔。

羅馬拼音：-k

說說看！

- **악수** 握手
- **한국** 韓國
- **꼭대기** 頂
- **책** 書
- **북** 鼓
- **부엌** 廚房

ㄴ

羅馬拼音：-n

說說看！

- **안개** 霧
- **편지** 信
- **눈** 眼；雪
- **언니** 姊姊（女生稱呼姊姊時）

- **노인** 老人
- **수건** 毛巾
- **건물** 建築物

ㄷ、ㅅ、ㅈ、ㅊ、ㅌ、ㅎ

羅馬拼音：-t

說說看！

- **돋보기** 放大鏡
- **옷** 衣服
- **잊다** 忘
- **낯** 臉；臉面
- **밑** 底
- **히읗** 韓文字的第14個子音

- **숟가락** 湯匙
- **다섯** 五
- **낮** 白天
- **빛** 光
- **끝** 末；結束

ㄹ

羅馬拼音：-l

說說看！

- **달** 月
- **얼굴** 臉
- **벌레** 蟲
- **올라가다** 上去

- **가을** 秋
- **빨래** 要換洗的衣物
- **달리다** 跑
- **실** 絲；線

ㅁ

羅馬拼音：-m

說說看！

- **밤** 夜晚；栗子
- **봄** 春
- **마음** 心

- **섬** 島
- **담배** 香煙
- **음악** 音樂

ㅂ、ㅍ

羅馬拼音：-p

說說看！

- **밥** 飯
- **입술** 嘴唇
- **잎** 葉
- **앞** 前

- **직업** 職業
- **수업** 授業；上課
- **숲** 樹叢
- **옆** 旁邊

ㅇ

羅馬拼音：-ng

說說看！

- **강** 江
- **형** 兄（男生稱呼哥哥）
- **동그라미** 圓

- **공** 球
- **송아지** 小牛

Chapter 3
音的變化篇

一、連音

　　韓文是表音（拼音）文字，因此連音現象是其特徵之一。韓國人在說韓語的時候，習慣將前面一個字的尾音（終聲）連上後面一個字的頭音（初聲）一起唸，因此連音規則的變化很多。韓語的連音只是改變發音的唸法，但不會改變字母的寫法，可將連音歸納出3個規則，分別說明如下：

（一）原詞與附加語的關係 ┃MP3-012┃

　　原詞（名詞、動詞等）當加上附加語（如主格助詞）時，就會連著一起唸。

> ### 例如：달（月）＋格助詞

⌈說說看！⌋

・달 月 → 달은 → [다른] [da-leun]

　（「은」是主格助詞，通常加在第一主格後，或強調主觀意識及加強語氣時。）

・달 月 → 달이 → [다리] [da-li]

　（「이」是主格助詞，通常用於一般敘述後，表示客觀的立場或是自然現象時。）

・달 月 → 달에 在月亮 → [다레] [da-le]

　（「에」是表示位置的助詞，接在時間及地點、位置後面。）

例如：앞（前）＋格助詞

說說看！

・**앞** 前 → **앞이** → **[아피]** [a-pi]

・**앞** 前 → **앞에** → **[아페]** [a-pe]

・**앞** 前 → **앞을** → **[아플]** [a-peul]

（「을」是受格助詞，受詞字尾為子音結尾時＋을。）

※[ ]裡面的韓語拼寫，是代表韓語在連音時的讀音。

（二）獨立資格的語詞與附加語的關係 MP3-013

獨立資格的語詞加上附加語時，也會連著一起唸。

說說看！

・**부엌** 廚房 **안에** 內 → **부엌안에** 在廚房內

→ **[부어카네]** [bu-eo-ka-ne]

・**우체국** 郵局 **에서** 在；從 → **우체국에서** 在郵局；從郵局

→ **[우체구게서]** [u-che-gu-ge-seo]

（三）漢字音綜合時 MP3-014

很多韓語字彙是借用自古代漢字，因此連音時，讀音也十分類似。

說說看！

・**작용** 作用 → **[자공]** [ja-gyong]

・**월요일** 月曜日；星期一 → **[워료일]** [wo-lyo-il]

・**일인분** 一人份 → **[이린분]** [i-lin-bun]

二、子音接變

　　指的是當子音連接子音時所產生的發音變化，其子音次序前後顛倒時亦同。可分為「有氣音化」、「鼻化音」、「邊音化（舌側音）」、「濃音化（疊音）」、「口蓋音化（顎化音）」5種情形，以下一一說明：

（一）有氣音化　MP3-015

　　「ㄱ」、「ㄷ」、「ㅂ」、「ㅈ」的前後有「ㅎ」時，會直接轉成氣音。

說說看！

規則	例	讀音
ㄱ + ㅎ → ㅋ	막히다　被塞住	[마키다] [ma-ki-da]
ㅎ + ㄱ → ㅋ	좋고　好	[조코] [jo-ko]
ㄷ + ㅎ → ㅌ	많다　多	[만타] [man-ta]
ㅂ + ㅎ → ㅍ	십호　十號	[시포] [si-po]
ㅈ + ㅎ → ㅊ	많지　多	[만치] [man-chi]

（二）鼻化音　MP3-016

　　帶有破裂音的尾音碰到鼻音的頭音時，此時破裂音尾音會變成鼻音。

說說看！

規則	例	讀音
ㄱ＋ㄴ → ㅇ＋ㄴ	먹는다 吃 （「는」是現在式原形動詞語助詞，常用於文章、寫作）	[멍는다] [meong-neon-da]
ㄱ＋ㅁ → ㅇ＋ㅁ	국물 湯	[궁물] [gung-mul]
ㄷ＋ㄴ → ㄴ＋ㄴ	듣는다 聽	[든는다] [deun-neun-da]
ㅌ＋ㅁ → ㄴ＋ㅁ	홑몸 單身	[혼몸] [hon-mom]
ㅌ＋ㄴ → ㄴ＋ㄴ	맡는다 擔任；負責	[만는다] [man-neun-da]
ㅅ＋ㄴ → ㄴ＋ㄴ	벗는다 脫	[번는다] [beon-neun-da]
ㅆ＋ㄴ → ㄴ＋ㄴ	있는 有	[인는] [in-neun]
ㅈ＋ㄴ → ㄴ＋ㄴ	찾는다 尋找	[찬는다] [chan-neun-da]
ㅊ＋ㄴ → ㄴ＋ㄴ	쫓는다 追趕	[쫀는다] [jjon-neun-da]
ㅂ＋ㄴ → ㅁ＋ㄴ	입니다 是	[임니다] [im-ni-da]

規則	例	讀音
ㅂ＋ㅁ → ㅁ＋ㅁ	밥먹고 吃飯	[밤먹꼬] [bam-meok-kko]
ㅍ＋ㄴ → ㅁ＋ㄴ	앞날 前途；未來	[암날] [am-nal]
ㅍ＋ㅁ → ㅁ＋ㅁ	옆문 側門	[염문] [yeom-mun]
ㄱ＋ㄹ → ㅇ＋ㄴ	국립 國立	[궁닙] [gung-nip]
ㅁ＋ㄹ → ㅁ＋ㄴ	금리 金利；利息	[금니] [geum-ni]
ㅂ＋ㄹ → ㅁ＋ㄴ	압력 壓力	[암녁] [am-nyeok]
ㅇ＋ㄹ → ㅇ＋ㄴ	향락 享樂	[향낙] [hyang-nak]

（三）邊音化（舌側音） MP3-017

「ㄴ」音在「ㄹ」音之前或之後時，「ㄴ」音會轉變成「ㄹ」
音。

說說看！

規則	例	讀音
ㄴ＋ㄹ → ㄹ＋ㄹ	혼례 婚禮	[홀레] [hol-le]
	신라 新羅	[실라] [sil-la]
	연락 聯絡	[열락] [yeol-lak]
ㄹ＋ㄴ → ㄹ＋ㄹ	칼날 刀刃	[칼랄] [kal-lal]

（四）濃音化（疊音） MP3-018

　　尾音「ㄱ」、「ㅂ」、「ㅊ」、「ㅅ」和「ㄱ」、「ㄷ」、「ㅂ」、「ㅈ」、「ㅅ」頭音相連時，後者會變成「ㄲ」、「ㄸ」、「ㅃ」、「ㅉ」、「ㅆ」。

　説説看！

規則	例	讀音
ㄱ＋ㄱ → ㄱ＋ㄲ	떡국　年糕湯	[떡꾹] [tteok-kkuk]
ㅂ＋ㄱ → ㅂ＋ㄲ	밥그릇　碗	[밥끄릇] [bap-kkeu-reut]
ㅊ＋ㄱ → ㅊ＋ㄲ	꽃가지　花的枝幹	[꽃까지] [kkot-kka-ji]
ㅅ＋ㄱ → ㅅ＋ㄲ	옷감　衣料	[옷깜] [ot-kkam]
ㄱ＋ㄷ → ㄱ＋ㄸ	떡덩이　塊狀糕餅	[떡떵이] [tteok-tteong-i]
ㅂ＋ㄷ → ㅂ＋ㄸ	집뒤　屋後	[집뛰] [jip-ttwi]
ㅊ＋ㄷ → ㅊ＋ㄸ	꽃다발　花束	[꽃따발] [kkot-tta-bal]
ㅅ＋ㄷ → ㅅ＋ㄸ	벗다가 脫著（A狀態轉為B狀態）	[벗따가] [beot-tta-ga]
ㄱ＋ㅂ → ㄱ＋ㅃ	떡볶이　炒年糕	[떡뽀끼] [tteok-ppo-kki]

規則	例	讀音
ㅂ + ㅂ → ㅂ + ㅃ	집벌 養蜂	[집뻘] [jip-ppeol]
ㅊ + ㅂ → ㅊ + ㅃ	숯불 炭火	[숯뿔] [sut-ppul]
ㅅ + ㅂ → ㅅ + ㅃ	맛보다 嚐	[맛뽀다] [mat-ppo-da]
ㄱ + ㅈ → ㄱ + ㅉ	박쥐 蝙蝠	[박쮜] [bak-jjwi]
ㅂ + ㅈ → ㅂ + ㅉ	집족제비 黃鼠狼	[집쪽제비] [jip-jjok-je-bi]
ㅊ + ㅈ → ㅊ + ㅉ	닻줄 錨索；錨纜	[닻쭐] [dat-jjul]
ㅅ + ㅈ → ㅅ + ㅉ	갓집 紗帽盒	[갓찝] [gat-jjip]
ㄱ + ㅅ → ㄱ + ㅆ	국사발 湯碗	[국싸발] [guk-ssa-bal]
ㅂ + ㅅ → ㅂ + ㅆ	밥사발 飯碗	[밥싸발] [bap-ssa-bal]
ㅊ + ㅅ → ㅊ + ㅆ	숯섬 炭袋；裝炭的麻袋	[숯썸] [sut-sseom]
ㅅ + ㅅ → ㅅ + ㅆ	옷솜 棉絮	[옷쏨] [ot-ssom]

（五）口蓋音化（顎化音） MP3-019

顎化音是把與「ㅣ」相連接的「ㄷ」、「ㅌ」音結合在一起變成另外一個音，這是由舌面和硬顎接觸面擴大而產生的音變現象。即，當「ㄷ」碰到「이」時，會轉變成「지」；「ㅌ」碰到「이」時，會轉成「치」音；「ㄷ」後面遇到「히」時，會轉成「치」。

說說看！

規則	例	讀音
ㄷ＋이 → 지	맏이 長子	[마디 → 마지] [ma-ji]
	해돋이 日出	[해도디 → 해도지] [hae-do-ji]
ㅌ＋이 → 치	같이 一起	[가티 → 가치] [ga-chi]
	볕이 陽光	[벼티 → 벼치] [byeo-chi]
ㄷ＋히 → 치	묻히다 被埋	[무치다] [mu-chi-da]
	닫히다 被關	[다치다] [da-chi-da]

三、長短音 MP3-020

在韓語中有些字母相同的字，必須以母音的長短來區分其真正語意。

說說看！

短音			長音		
中文	韓文	羅馬拼音	中文	韓文	羅馬拼音
松	솔	sol	刷子	솔	so:l
腳	발	bal	簾子	발	ba:l
眼	눈	nun	雪	눈	nu:n
牡蠣	굴	gul	窟	굴	gu:l
梨；船；肚	배	bae	倍	배	bae:
馬	말	mal	話；語	말	ma:l
夜	밤	bam	栗子	밤	ba:m
無力	무력	mu-lyeok	武力	무력	mu:lyeok

四、略音 MP3-021

　　韓文中有些音在唸的時候會被省略掉而不發音，略音的4種規則整理如下：

（一）同樣的母音重疊時，
　　　其中一個母音會被省略掉。

說說看！

・**가아서** 去 → **가서**　・**서어서** 站 → **서서**　・**사았다** 買 → **샀다**

（二）「ㅡ」音在「ㅓ」音的前面時，
　　　「ㅡ」音會被省略掉。

說說看！

・**뜨었다** 升；浮 → **떴다**　・**쓰어도** 用；寫 → **써도**

・**크어서** 大 → **커서**　　・**끄어도** 熄 → **꺼도**

（三）「ㅐ」、「ㅔ」的後面接「ㅓ」的音時，
　　　「ㅓ」音會被省略掉。

說說看！

・**개었다** 晴 → **갰다**（過去式表現法）

　개어서 → **개서**

　（「어서」表示說明原因或前因後果，有「因為……所以」的意思。）

- **배었다** 懷孕 → **뱄다**（過去式表現法）

  배어서 → **배서**

  （「어서」表示說明原因或前因後果，有「因為……所以」的意思。）

- **매었다** 結 → **맸다**（過去式表現法）

  매어도 → **매도**（「어도」有「即使……也」的意思。）

- **세었다** 數 → **셌다**（過去式表現法）

  세어도 → **세도**（「어도」有「即使……也」的意思。）

※通常上述情形是因為母音調和的緣故，因此直接合併發音。

（四）在母音之間的「ㅎ」音會被省略掉。

説説看！

語幹 ＋ 어도 / 아라 / 아서 / 은	過去式
넣어도 放進、擱 → [너어도]	넣었다 → [너었다] → [너얻따]
놓아라 放；放下 → [노아라]	놓았다 → [노았다] → [노앋따]
좋아서 好　　→ [조아서]	좋았다 → [조았다] → [조앋따]
많은 多　　　→ [마는]	많아서 → [마나서]
싫은 討厭　　→ [시른]	싫어서 → [시러서]

※[ ]內的標音是唸法，書寫的時候，要按照前面敘述的寫法。

五、漢字語頭音法則 　MP3-022

　　漢字語頭音法則通常是發生在南韓，北韓則保留漢字語頭原音，沒有頭音法則。共有以下3個頭音法則，分述如下：

（一）「녀」、「뇨」、「뉴」、「니」的漢字語音在語頭時，變成「여」、「요」、「유」、「이」的音。

說說看！

頭音（變）		非頭音（不變）	
中文	韓文	中文	韓文
女子	여자	子女	자녀
寧邊（地名）	영변	安寧	안녕
尿素	요소	泌尿	비뇨
泥土	이토	雲泥	운니
年歲	연세	新年	신년
紐帶	유대	結紐	결뉴

※有些漢字合成語中，若漢字字首的尾音是「ㄴ」、「ㅇ」時，則依照頭音法則
　來發音。

　例如：新女性（신여성）、空念佛（공염불）、男尊女卑（남존여비）。

（二）「랴」、「려」、「료」、「류」、「리」、「례」的
　　漢字語音在語頭時，變成「야」、「여」、「요」、
　　「유」、「이」、「예」的音。

頭音（變）		非頭音（不變）	
中文	韓文	中文	韓文
李先生	이선생	桃李花	도리화
良心	양심	改良	개량
力學	역학	水力	수력
料理	요리	材料	재료
流水	유수	下流（下游）	하류
禮儀	예의	謝禮	사례

（三）「라」、「로」、「루」、「르」、「래」、「뢰」的漢
　　字語音在語頭時，變成「나」、「노」、「누」、
　　「느」、「내」、「뇌」的音。

頭音（變）		非頭音（不變）	
中文	韓文	中文	韓文
樂園	낙원	喜樂	희락
錄音	녹음	紀錄	기록
陋習	누습	固陋	고루
陵碑	능비	丘陵	구릉
來世	내세	未來	미래
雷聲	뇌성	地雷	지뢰

Chapter 4

韓語基本文法篇

韓語句型的結構排列是：主語＋目的語＋動詞（例如：나는 신문을 봅니다. 我看報紙。），主語後面緊跟著助詞（母音＋는；子音＋은），目的語後面緊跟著目的語（又稱受格）助詞（母音＋를；子音＋을），動詞擺在句尾。圖解如下：

主詞 ＋ 目的語 ＋ 動詞 ＋ 句尾變化

나는 　신문을 　봅니다.

我 　　報紙 　　看。

助詞 　受格助詞

　　詞性與詞性之間會空一格（又稱分寫或隔寫「띄어쓰기」），句型的重心在於句尾動詞的變化，句尾的變化包含尊卑的表現語氣與時態。

　　本單元依照「助詞」、「動詞尊卑與時態」、「五大敬語表現法」之順序，一一介紹如下：

一、助詞篇

　　韓語的句法、語順和日語類似，主詞或目的語後面都會附加助詞，因此，主語後面會附加「은 / 는」助詞，表示對照之意或說話者強調話題重點時，所使用的助詞，接於主語之後，也稱之為補助詞。其地位相當於主格助詞，通常是說話者表示身分、資格或強調重點、凸顯主題時，所使用的主題化助詞，常與「이 / 가」的主格助詞並列表述。目的格助詞則有「을 / 를」。

（一）은 / 는 助詞

❶ 은 / 는　MP3-023

　　通常用於主語後面，表明身分、資格，或強調其主觀意識、凸顯主題、加強語氣時。

　　（1）母音＋는

說說看！

・나는 중국인입니다.　　　　　　　我是中國人。

・그는 독일 사람입니다.　　　　　　他是德國人。

・우리는 학생입니다.　　　　　　　我們是學生。

・어머니는 집에 계십니다.　　　　　媽媽在家。

・언니는 학교에 갑니다.　　　　　　姊姊去學校。

・함부르크는 독일에 있습니다.　　　漢堡在德國。

（2）子音＋은

- 오늘은 월요일입니다.　　　　　　今天是星期一。

- 동생은 미국에 있습니다.　　　　弟弟（妹妹）在美國。

- 형은 음악을 듣습니다.　　　　　哥哥聽音樂。

- 선생님은 전화를 합니다.　　　　老師打電話。

- 우리 집은 서울에 있습니다.　　　我（們）家在首爾。

- 이 소설은 아주 재미있습니다.　　這本小說很有意思。

❷ 이 / 가　主格助詞　MP3-024

通常用於一般敘述文時，屬於客觀立場，說明、敘述一件事實或自然現象時。

（1）母音＋가

- 비가 옵니다.　　　　　　　　　下雨。

- 날씨가 덥습니다.　　　　　　　天氣熱。

- 친구가 옵니다.　　　　　　　　朋友來。

- 커피가 맛있습니다.　　　　　　咖啡好喝。

- 아기가 웃습니다.　　　　　　　孩子笑。

- 나이가 많습니다.　　　　　　　年紀大。

（2）子音＋이

說說看！

- **기분이 좋습니다.**　　心情好。

- **기분이 나쁩니다.**　　心情不好。

- **옷이 비쌉니다.**　　衣服貴。

- **돈이 많습니다.**　　錢多。

- **꽃이 예쁩니다.**　　花漂亮。

- **사람이 많습니다.**　　人多。

（二）을／를 目的格（受詞）助詞　MP3-025

　　主要是連接在目的語的後面，做為目的格（受格）助詞，後接動詞。

（1）母音＋를

說說看！

- **커피를 마십니다.**　　喝咖啡。

- **친구를 만납니다.**　　見朋友。

- **이야기를 합니다.**　　說話（聊天）。

- **영화를 봅니다.**　　看電影。

- **공부를 합니다.**　　讀書（做功課）。

- **테니스를 칩니다.**　　打網球。

（2）子音＋을

- **음악을 듣습니다.**　　聽音樂。

- **옷을 입습니다.**　　穿衣服。

- **밥을 먹습니다.**　　吃飯。

- **쇼핑을 합니다.**　　購物。

- **손을 씻습니다.**　　洗手。

- **신문을 봅니다.**　　看報紙。

二、動詞尊卑與時態篇

　　韓國是一個長幼有序、注重輩份的國家，所以學習韓語文法時，一定要先學習「動詞尊卑」的用法。

　　當動詞語幹加「시」，表示尊敬之意，通常是指對方或第三者，所以若是說明自己的情況時，不可在動詞語幹後加「시」。一般對話，如果能避免直接指出你、我、他，則盡量避免。可藉由動詞的表現，表明說話者對於他人的稱謂。這是韓國人講話時的習慣，和我們的民族性不同，我們說話時，你、我、他要表明清楚，相反的，韓國人則認為說話時，直接指出你、我、他等人稱時，是不禮貌的行為。因此，動詞的變化就變得很重要了。

　　動詞時態的表現法分「現在式」、「過去式」與「未來式」。

　　一般現在式敬語形是在動詞語幹為母音結尾時，加「ㅂ니다」；子音結尾時，加「습니다」。

　　過去式是在動詞語幹加「-았」、「-었」、「-였」、「-웠」。當語幹母音為陽性母音（ㅏ、ㅗ）時，加「-았」；為陰性母音（ㅓ、ㅜ）或中性音（ㅡ、ㅣ）時，加「-었」；附有「하다」的動詞則加「-였」，「하」＋「였다」＝「하였다」＝「했다」；「ㅂ」不規則詞形變化時，「ㅂ」脫落，加「-웠」。未來式是在動詞的語幹加「-겠」。

※所謂「動詞」，根據韓國延世大學文法書上的解釋，韓語的動詞分為「動作動詞」和「狀態動詞」。顧名思義，如：「먹다」（吃）、「마시다」（喝）、「보다」（看）、「쓰다」（寫）等有賦予動作的動詞，稱為「動作動詞」；如：「예쁘다」（漂亮）、「아름답다」（美麗）、「쓰다」（苦）、「떫다」（澀）等形容狀態的語詞（一般我們認為是形容詞形的語詞），稱為「狀態動詞」。

圖解如下：

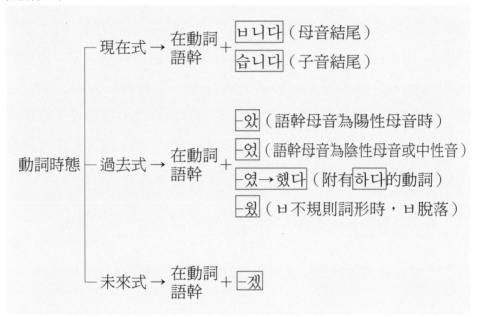

　　接著就肯定句、疑問句、否定句或否定疑問句、動詞附有「하다」的過去式用法一一說明。

（一）肯定句

❶ 語幹母音結尾時 ─ MP3-026

說說看！

原形	尊卑	現在式	過去式	未來式
보다 看	極尊待 對上 對中 對下	보십니다. 봅니다. 봐요. 봐.	보셨습니다. 봤습니다. 봤어요. 봤어.	보시겠습니다. 보겠습니다. 보겠어요. 보겠어.
가다 去	極尊待 對上 對中 對下	가십니다. 갑니다. 가요. 가.	가셨습니다. 갔습니다. 갔어요. 갔어.	가시겠습니다. 가겠습니다. 가겠어요. 가겠어.
오다 來	極尊待 對上 對中 對下	오십니다. 옵니다. 와요. 와.	오셨습니다. 왔습니다. 왔어요. 왔어.	오시겠습니다. 오겠습니다. 오겠어요. 오겠어.
만나다 見面	極尊待 對上 對中 對下	만나십니다. 만납니다. 만나요. 만나.	만나셨습니다. 만났습니다. 만났어요. 반났어.	만나시겠습니다. 만나겠습니다. 만나겠어요. 만나겠어.
비싸다 貴	對上 對中 對下	비쌉니다. 비싸요. 비싸.	비쌌습니다. 비쌌어요. 비쌌어.	비싸겠습니다. 비싸겠어요. 비싸겠어.
예쁘다 漂亮	對上 對中 對下	예쁩니다. 예뻐요. 예뻐.	예뻤습니다. 예뻤어요. 예뻤어.	예쁘겠습니다. 예쁘겠어요. 예쁘겠어.

※「ㅡ」不規則詞形變化，語幹的母音為「ㅡ」，加「어」、「어요」、
　「었어」、「었어요」時，母音脫落，與「어」、「었」併音。

❷ 語幹子音結尾時　MP3-027

說說看！

原形	尊卑	現在式	過去式	未來式
듣다 聽	對上 對中 對下	듣습니다. 들어요. 들어.	들었습니다. 들었어요. 들었어.	듣겠습니다. 듣겠어요. 듣겠어.
먹다 吃	極尊待 對上 對中 對下	잡수십니다. 먹습니다. 먹어요. 먹어.	잡수셨습니다. 먹었습니다. 먹었어요. 먹었어.	잡수시겠습니다. 먹겠습니다. 먹겠어요. 먹겠어.
입다 穿	極尊待 對上 對中 對下	입으십니다. 입습니다. 입어요. 입어.	입으셨습니다. 입었습니다. 입었어요. 입었어.	입으시겠습니다. 입겠습니다. 입겠어요. 입겠어.
좋다 好	對上 對中 對下	좋습니다. 좋아요. 좋아.	좋았습니다. 좋았어요. 좋았어.	좋겠습니다. 좋겠어요. 좋겠어.
있다 有	對上 對中 對下	있습니다. 있어요. 있어.	있었습니다. 있었어요. 있었어.	있겠습니다. 있겠어요. 있겠어.
없다 沒有	對上 對中 對下	없습니다. 없어요. 없어.	없었습니다. 없었어요. 없었어.	없겠습니다. 없겠어요. 없겠어.
덥다 熱	對上 對中 對下	덥습니다. 더워요. 더워.	더웠습니다. 더웠어요. 더웠어.	덥겠습니다. 덥겠어요. 덥겠어.

原形	尊卑	現在式	過去式	未來式
많다 多	對上 對中 對下	많습니다. 많아요. 많아.	많았습니다. 많았어요. 많았어.	많겠습니다. 많겠어요. 많겠어.

※듣다（聽）屬於「ㄷ」不規則詞形變化，如果碰到字尾加「어」、「어요」、「었어」、「었어요」時，語尾「ㄷ」脫落後，轉成「ㄹ」。

※덥다（熱）屬於「ㅂ」不規則詞形變化，如果碰到字尾加「어」、「어요」、「었어」、「었어요」時，語尾「ㅂ」脫落後，加「우」再合併後調和成「워」、「워요」、「웠어」、「웠어요」。

※「잡수시다」是「먹다」的敬語形。

（二）疑問句

❶ 語幹母音結尾時　MP3-028

說說看！

原形	尊卑	現在式	過去式	未來式
보다 看	極尊待 對上 對中 對下	보십니까? 봅니까? 봐요? 봐?	보셨습니까? 봤습니까? 봤어요? 봤어?	보시겠습니까? 보겠습니까? 보겠어요? 보겠어?
가다 去	極尊待 對上 對中 對下	가십니까? 갑니까? 가요? 가?	가셨습니까? 갔습니까? 갔어요? 갔어?	가시겠습니까? 가겠습니까? 가겠어요? 가겠어?
오다 來	極尊待 對上 對中 對下	오십니까? 옵니까? 와요? 와?	오셨습니까? 왔습니까? 왔어요? 왔어?	오시겠습니까? 오겠습니까? 오겠어요? 오겠어?
만나다 見面	極尊待 對上 對中 對下	만나십니까? 만납니까? 만나요? 만나?	만나셨습니까? 만났습니까? 만났어요? 만났어?	만나시겠습니까? 만나겠습니까? 만나겠어요? 만나겠어?
비싸다 貴	對上 對中 對下	비쌉니까? 비싸요? 비싸?	비쌌습니까? 비쌌어요? 비쌌어?	비싸겠습니까? 비싸겠어요? 비싸겠어?
예쁘다 漂亮	對上 對中 對下	예쁩니까? 예뻐요? 예뻐?	예뻤습니까? 예뻤어요? 예뻤어?	예쁘겠습니까? 예쁘겠어요? 예쁘겠어?

❷ 語幹子音結尾時　MP3-029

說說看！

原形	尊卑	現在式	過去式	未來式
듣다 聽	對上 對中 對下	듣습니까? 들어요? 들어?	들었습니까? 들었어요? 들었어?	듣겠습니까? 듣겠어요? 듣겠어?
먹다 吃	極尊待 對上 對中 對下	잡수십니까? 먹습니까? 먹어요? 먹어?	잡수셨습니까? 먹었습니까? 먹었어요? 먹었어?	잡수시겠습니까? 먹겠습니까? 먹겠어요? 먹겠어?
입다 穿	極尊待 對上 對中 對下	입으십니까? 입습니까? 입어요? 입어?	입으셨습니까? 입었습니까? 입었어요? 입었어?	입으시겠습니까? 입겠습니까? 입겠어요? 입겠어?
좋다 好	對上 對中 對下	좋습니까? 좋아요? 좋아?	좋았습니까? 좋았어요? 좋았어요?	좋겠습니까? 좋겠어요? 좋겠어?
있다 有	對上 對中 對下	있습니까? 있어요? 있어?	있었습니가? 있었어요? 있었어?	있겠습니까? 있겠어요? 있겠어?
없다 沒有	對上 對中 對下	없습니까? 없어요? 없어?	없었습니까? 없었어요? 없었어?	없겠습니까? 없겠어요? 없겠어?

原形	尊卑	現在式	過去式	未來式
덥다 熱	對上 對中 對下	덥습니까? 더워요? 더워?	더웠습니까? 더웠어요? 더웠어?	덥겠습니까? 덥겠어요? 덥겠어?
많다 多	對上 對中 對下	많습니까? 많아요? 많아?	많았습니까? 많았어요? 많았어?	많겠습니까? 많겠어요? 많겠어?

※「듣다」屬於「ㄷ不規則詞形變化」，如果碰到字尾加「어」、「어요」、「었어」、「었어요」時，「ㄷ」脫落，改為「ㄹ」。

（三）否定句或否定疑問句　MP3-030

在否定句或否定疑問句時，只要在動詞前加「안」即可。

說說看！

・**가다** 去 → **안 가다** 不去；沒去

原形	尊卑	現在式	過去式	未來式
가다 去	極尊待	안 가십니다. 안 가십니까?	안 가셨습니다. 안 가셨습니까?	안 가시겠습니다. 안 가시겠습니까?
	對上	안 갑니다. 안 갑니까?	안 갔습니다. 안 갔습니까?	안 가겠습니다. 안 가겠습니까?
	對中	안 가요. 안 가요?	안 갔어요. 안 갔어요?	안 가겠어요. 안 가겠어요?
	對下	안 가. 안 가?	안 갔어. 안 갔어?	안 가겠어. 안 가겠어?

說說看！

· **오다** 來 → **안 오다** 不來；沒來

原形	尊卑	現在式	過去式	未來式
오다 來	極尊待	안 오십니다. 안 오십니까?	안 오셨습니다. 안 오셨습니까?	안 오시겠습니다. 안 오시겠습니까?
	對上	안 옵니다. 안 옵니까?	안 왔습니다. 안 왔습니까?	안 오겠습니다. 안 오겠습니까?
	對中	안 와요. 안 와요?	안 왔어요. 안 왔어요?	안 오겠어요. 안 오겠어요?
	對下	안 와. 안 와?	안 왔어. 안 왔어?	안 오겠어. 안 오겠어?

說說看！

· **만나다** 見面 → **안 만나다** 不見面；沒見面

原形	尊卑	現在式	過去式	未來式
만나다 見面	極尊待	안 만나십니다. 안 만나십니까?	안 만나셨습니다. 안 만나셨습니까?	안 만나시겠습니다. 안 만나시겠습니까?
	對上	안 만납니다. 아 만납니까?	안 만났습니다. 안 만났습니까?	안 만나겠습니다. 안 만나겠습니까?
	對中	안 만나요. 안 만나요?	안 만났어요. 안 만났어요?	안 만나겠어요. 안 만나겠어요?
	對下	안 만나. 안 만나?	안 만났어. 안 만났어?	안 만나겠어. 안 만나겠어?

· **먹다** 吃 → **안 먹다** 不吃；沒吃

原形	尊卑	現在式	過去式	未來式
먹다 吃	極尊待	안 잡수십니다. 안 잡수십니까?	안 잡수셨습니다. 안 잡수셨습니까?	안 잡수시겠습니다. 안 잡수시겠습니까?
	對上	안 먹습니다. 안 먹습니까?	안 먹었습니다. 안 먹었습니까?	안 먹겠습니다. 안 먹겠습니까?
	對中	안 먹어요. 안 먹어요?	안 먹었어요. 안 먹었어요?	안 먹겠어요. 안 먹겠어요?
	對下	안 먹어. 안 먹어?	안 먹었어. 안 먹었어?	안 먹겠어. 안 먹겠어?

※「잡수시다」是「먹다」的敬語形。

· **입다** 穿 → **안 입다** 不穿；沒穿

原形	尊卑	現在式	過去式	未來式
입다 穿	極尊待	안 입으십니다. 안 입으십니까?	안 입으셨습니다. 안 입으셨습니까?	안 입으시겠습니다. 안 입으시겠습니까?
	對上	안 입습니다. 안 입습니까?	안 입었습니다. 안 입었습니까?	안 입겠습니다. 안 입겠습니까?
	對中	안 입어요. 안 입어요?	안 입었어요. 안 입었어요?	안 입겠어요. 안 입겠어요?
	對下	안 입어. 안 입어?	안 입었어. 안 입었어?	안 입겠어. 안 입겠어?

說說看！

・덥다 熱 → 안 덥다 不熱

原形	尊卑	現在式	過去式	未來式
덥다 熱	對上	안 덥습니다. 안 덥습니까?	안 더웠습니다. 안 더웠습니까?	안 덥겠습니다. 안 덥겠습니까?
	對中	안 더워요. 안 더워요?	안 더웠어요. 안 더웠어요?	안 덥겠어요. 안 덥겠어요?
	對下	안 더워. 안 더워?	안 더웠어. 안 더웠어?	안 덥겠어. 안 덥겠어?

※「덥다」屬於「ㅂ」不規則詞形變化，如果碰到字尾加「어」、「어요」、「었어」、「었어요」時，語尾「ㅂ」脫落後，加「우」再合併後調和成「워」、「워요」、「웠어」、「웠어요」。

（四）動詞附有「하다」的過去式用法

　　「하다」本身是動詞，表示「做……」或「行使動作」之意，如果名詞形（通常是漢字語）之後加上「하다」時，則變成動作動詞或狀態動詞。動詞附有「하다」的過去式，其用法就是：

하다＋였＝했다

❶ 肯定句　MP3-031

說說看！

・하다 做 → 하였다 → 했다

原形	尊卑	過去式	
하다 做	極尊待	하셨습니다.	
	對上	하였습니다.	했습니다.
	對中	하였어요.	했어요.
	對下	하였어.	했어.

• **공부하다**　讀書、用功 → **공부하였다** → **공부했다**

原形	尊卑	過去式	
공부하다 讀書；用功	極尊待 對上 對中 對下	공부하셨습니다. 공부하였습니다. 공부하였어요. 공부하였어.	공부했습니다. 공부했어요. 공부했어.

• **전화하다**　打電話 → **전화하였다** → **전화했다**

原形	尊卑	過去式	
전화하다 打電話	極尊待 對上 對中 對下	전화하셨습니다. 전화하였습니다. 전화하였어요. 전화하였어.	전화했습니다. 전화했어요. 전화했어.

• **청소하다**　打掃 → **청소하였다** → **청소했다**

原形	尊卑	過去式	
청소하다 打掃	極尊待 對上 對中 對下	청소하셨습니다. 청소하였습니다. 청소하였어요. 청소하였어.	청소했습니다. 청소했어요. 청소했어.

・깨끗하다 乾淨 → 깨끗하였다 → 깨끗했다

原形	尊卑	過去式	
깨끗하다 乾淨	對上 對中 對下	깨끗하였습니다. 깨끗하였어요. 깨끗하였어.	깨끗했습니다. 깨끗했어요. 깨끗했어.

・조용하다 安靜 → 조용하였다 → 조용했다

原形	尊卑	過去式	
조용하다 安靜	對上 對中 對下	조용하였습니다. 조용하였어요. 조용하였어.	조용했습니다. 조용했어요. 조용했어.

❷ 疑問句　MP3-032

・하다 做 → 하였다 → 했다

原形	尊卑	過去式	
하다 做	極尊待 對上 對中 對下	하셨습니까? 하였습니까? 하였어요? 하였어?	했습니까? 했어요? 했어?

• **공부하다** 讀書；用功 → **공부하였다** → **공부했다**

原形	尊卑	過去式	
공부하다 讀書；用功	極尊待 對上 對中 對下	공부하셨습니까? 공부하였습니까? 공부하였어요? 공부하였어?	공부했습니까? 공부했어요? 공부했어?

• **전화하다** 打電話 → **전화하였다** → **전화했다**

原形	尊卑	過去式	
전화하다 打電話	極尊待 對上 對中 對下	전화하셨습니까? 전화하였습니까? 전화하였어요? 전화하였어?	전화했습니까? 전화했어요? 전화했어?

• **청소하다** 打掃 → **청소하였다** → **청소했다**

原形	尊卑	過去式	
청소하다 打掃	極尊待 對上 對中 對下	청소하셨습니까? 청소하였습니까? 청소하였어요? 청소하였어?	청소했습니까? 청소했어요? 청소했어?

・**깨끗하다** 乾淨 → **깨끗하였다** → **깨끗했다**

原形	尊卑	過去式	
깨끗하다 乾淨	對上 對中 對下	깨끗하였습니까? 깨끗하였어요? 깨끗하였어?	깨끗했습니까? 깨끗했어요? 깨끗했어?

・**조용하다** 安靜 → **조용하였다** → **조용했다**

原形	尊卑	過去式	
조용하다 安靜	對上 對中 對下	조용하였습니까? 조용하였어요? 조용하였어?	조용했습니까? 조용했어요? 조용했어?

❸ 否定或否定疑問句　MP3-033

在否定或否定疑問句時，只要在「하다」前加「안」即可。

・**하다** 做 → **안 하였다** → **안 했다** 不做；沒做

原形	尊卑	過去式	
하다 做	極尊待	안 하셨습니다. 안 하셨습니까?	
	對上	안 하였습니다. 안 하였습니까?	안 했습니다. 안 했습니까?
	對中	안 하였어요. 안 하였어요?	안 했어요. 안 했어요?
	對下	안 하였어. 안 하였어?	안 했어. 안 했어?

- **공부하다** 讀書、用功 → **공부 안 하였다**

  → **공부 안 했다** 不讀書；沒讀書

原形	尊卑	過去式	
공부하다 讀書；用功	極尊待	공부 안 하셨습니다. 공부 안 하셨습니까?	
	對上	공부 안 하였습니다. 공부 안 하였습니까?	공부 안 했습니다. 공부 안 했습니까?
	對中	공부 안 하였어요. 공부 안 하였어요?	공부 안 했어요. 공부 안 했어요?
	對下	공부 안 하였어. 공부 안 하였어?	공부 안 했어. 공부 안 했어?

- **전화하다** 打電話 → **전화 안 하였다**

  → **전화 안 했다** 不打電話；沒打電話

原形	尊卑	過去式	
전화하다 打電話	極尊待	전화 안 하셨습니다. 전화 안 하셨습니까?	
	對上	전화 안 하였습니다. 전화 안 하였습니까?	전화 안 했습니다. 전화 안 했습니까?
	對中	전화 안 하였어요. 전화 안 하였어요?	전화 안 했어요. 전화 안 했어요?
	對下	전화 안 하였어. 전화 안 하였어?	전화 안 했어. 전화 안 했어?

說說看！

• **청소하다** 打掃 → **청소 안 하였다** → **청소 안 했다** 不打掃；沒打掃

原形	尊卑	過去式	
청소하다 打掃	極尊待	청소 안 하셨습니다. 청소 안 하셨습니까?	
	對上	청소 안 하였습니다. 청소 안 하였습니까?	청소 안 했습니다. 청소 안 했습니까?
	對中	청소 안 하였어요. 청소 안 하였어요?	청소 안 했어요. 청소 안 했어요?
	對下	청소 안 하였어. 청소 안 하였어?	청소 안 했어. 청소 안 했어?

說說看！

• **깨끗하다** 乾淨 → **안 깨끗하였다** → **안 깨끗했다** 不乾淨

原形	尊卑	過去式	
깨끗하다 乾淨	對上	안 깨끗하였습니다. 안 깨끗하였습니까?	안 깨끗했습니다. 안 깨끗했습니까?
	對中	안 깨끗하였어요. 안 깨끗하였어요?	안 깨끗했어요. 안 깨끗했어요?
	對下	안 깨끗하였어. 안 깨끗하였어?	안 깨끗했어. 안 깨끗했어?

說說看！

・**조용하다** 安靜 → **안 조용하였다** → **안 조용했다** 不安靜

原形	尊卑	過去式	
조용하다 安靜	對上	안 조용하였습니다. 안 조용하였습니까?	안 조용했습니다. 안 조용했습니까?
	對中	안 조용하였어요. 안 조용하였어요?	안 조용했어요. 안 조용했어요?
	對下	안 조용하였어. 안 조용하였어?	안 조용했어. 안 조용했어?

❹ **禁止性命令式的用法**　MP3-034

禁止性命令式的用法，是在動詞語幹之後加「지 말다」。

說說看！

原形	尊卑	禁止性命令式
가다 去	對上	가지 마십시오! 請不要走吧！
	對中	가지 마시오! 不要走（去）吧！
	對下	가지 마! 別走（去）！
보다 看	對上	보지 마십시오! 請不要看吧！
	對中	보지 마시오! 不要看吧！
	對下	보지 마! 別（甭）看！
하다 做	對上	하지 마십시오! 請不要做吧！
	對中	하지 마시오! 不要做吧！
	對下	하지 마!別（甭）做！

原形	尊卑	禁止性命令式
쓰다 寫	對上	쓰지 마십시오! 請不要寫吧！
	對中	쓰지 마시오! 不要寫吧！
	對下	쓰지 마! 別（甭）寫！
주다 給	對上	주지 마십시오! 請不要給吧！
	對中	주지 마시오! 不要給吧！
	對下	주지 마! 別（甭）給！
울다 哭	對上	울지 마십시오! 請不要哭吧！
	對中	울지 마시오! 不要哭吧！
	對下	울지 마! 別（甭）哭！
믿다 相信	對上	믿지 마십시오! 請不要相信吧！
	對中	믿지 마시오! 不要相信吧！
	對下	믿지 마! 別（甭）相信！

三、五大敬語表現法

　　一般韓語的敬語表現，是將對話者之間的關係表現在句尾的動詞變化上。敬語現在式表現於句尾的變化，最具代表性的有以下幾種：

（一）「-ㅂ니다 / 습니다」與「-ㅂ니까? / 습니까?」的 用法　MP3-035

使用時機

　　表示禮貌、尊敬，屬於較正式的用法。當對方的地位、年齡皆高於自己時，或是與自己相等，即使是略低於自己，在正式場合中，為了表示禮貌所使用的語法。

❶

現在式肯定句	語幹為母音結尾＋ㅂ니다.
現在式疑問句	語幹為母音結尾＋ㅂ니까?

說說看！

原形	語尾變化	現在式肯定句 / 現在式疑問句
보다 看	보＋ㅂ니다	봅니다. 看
		봅니까? 看嗎？
가다 去	가＋ㅂ니다	갑니다. 去
		갑니까? 去嗎？
오다 來	오＋ㅂ니다	옵니다. 來
		옵니까? 來嗎？
만나다 見面	만나＋ㅂ니다	만납니다. 見面
		만납니까? 見面嗎？
예쁘다 漂亮	예쁘＋ㅂ니다	예쁩니다. 漂亮
		예쁩니까? 漂亮嗎？
비싸다 貴	비싸＋ㅂ니다	비쌉니다. 貴
		비쌉니까? 貴嗎？
싸다 便宜	싸＋ㅂ니다	쌉니다. 便宜
		쌉니까? 便宜嗎？

❷

現在式肯定句	語幹為子音結尾時＋습니다.
現在式疑問句	語幹為子音結尾時＋습니까?

說說看！

原形	語尾變化	現在式肯定句 / 現在式疑問句
좋다 好	좋＋습니다	좋습니다. 好
		좋습니까? 好嗎？
듣다 聽	듣＋습니다	듣습니다. 聽
		듣습니까? 聽嗎？
먹다 吃	먹＋습니다	먹습니다. 吃
		먹습니까？ 吃嗎？
입다 穿	입＋습니다	입습니다. 穿
		입습니까? 穿嗎？
덥다 熱	덥＋습니다	덥습니다. 熱
		덥습니까? 熱嗎？
춥다 冷	춥＋습니다	춥습니다. 冷
		춥습니까? 冷嗎？
많다 多	많＋습니다	많습니다. 多
		많습니까? 多嗎？
적다 少	적＋습니다	적습니다. 少
		적습니까? 少嗎？

（二）「-아요 / 어요」與「-아요？/ 어요？」的用法 MP3-036

使用時機

　　表示禮貌、尊敬，屬於較非正式的用法。在非正式的場合中，或是對方與自己的關係較為親近時，使用本語法。其禮貌、尊敬的程度不亞於「ㅂ니다. / 습니다.」、「ㅂ니까？/ 습니까？」，通常使用對象是父母、兄姊、長輩，也可用於初次見面的陌生人。一般女性使用較多，因其語音表現較為柔和。目前男性也常採用這樣的語氣，讓對方聽起來較有親切感。

❶ 接在動詞的語幹，語幹母音屬於陽性母音（ㅏ、ㅗ）時＋아요

現在式肯定句	V/A＋아요.
現在式疑問句	V/A＋아요？

說說看！

原形	語尾變化	現在式肯定句 / 現在式疑問句
비싸다 貴	비싸＋아요	비싸요. 貴
		비싸요？ 貴嗎？
싸다 便宜	싸＋아요	싸요. 便宜
		싸요？ 便宜嗎？
살다 住	살＋아요	살아요. 住
		살아요？ 住嗎？
많다 多	많＋아요	많아요. 多
		많아요？ 多嗎？
좋다 好	좋＋아요	좋아요. 好
		좋아요？ 好嗎？
나쁘다 壞	나쁘＋아요	나빠요. 壞
		나빠요？ 壞嗎？

❷ 接在動詞的語幹，語幹母音屬於陰性母音（ㅓ、ㅜ）或（ㅡ、ㅣ）時＋어요

現在式肯定句	V/A＋어요.
現在式疑問句	V/A＋어요?

說說看！

原形	語尾變化	現在式肯定句 / 現在式疑問句
있다 有；在	있＋어요	있어요. 有
		있어요? 有嗎？
먹다 吃	먹＋어요	먹어요. 吃
		먹어요? 吃嗎？
입다 穿	입＋어요	입어요. 穿
		입어요? 穿嗎？
재미있다 有趣；好玩	재미있＋어요	재미있어요. 有趣
		재미있어요? 有趣嗎？
읽다 唸	읽＋어요	읽어요. 唸
		읽어요? 唸嗎？
예쁘다 漂亮	예쁘＋어요 ※「ㅡ」脫落	예뻐요. 漂亮
		예뻐요? 漂亮嗎？
적다 少	적＋어요	적어요. 少
		적어요? 少嗎？
마시다 喝	마시＋어요	마셔요. 喝
		마셔요? 喝嗎？

※肯定句與疑問句的說法在於語尾聲調的不同。肯定句時，語尾聲調稍微平緩並且往下調降；疑問句時，語尾聲調往上提高即可。

（三）「-세요 / 으세요」與「-세요? / 으세요?」的用法

使用時機

　　表示禮貌、尊敬的語尾。肯定句時，有建議、勸誘對方之意，語氣平緩、尾音稍降；疑問句時，有詢問對方之意，語尾聲調往上提高即可。

❶ 接在動詞的語幹，語幹是母音結尾時＋세요

現在式肯定句	V＋세요.
現在式疑問句	V＋세요?

說說看！

原形	現在式肯定句 / 現在式疑問句
안녕하다 安寧	안녕하세요! 您好！
	안녕하세요? 您好嗎？
펴다 打開	펴세요! 請打開！
	펴세요? 您打開嗎？
보다 看	보세요! 請看！
	보세요? 您看嗎？
쓰다 寫	쓰세요! 請寫！
	쓰세요? 您寫嗎？
가다 去	가세요! 請去！
	가세요? 您去嗎？
오다 來	오세요! 請來！
	오세요? 您來嗎？
사다 買	사세요! 請買！
	사세요? 您買嗎？
타다 搭	타세요! 請搭！
	타세요? 您搭嗎？

原形	現在式肯定句 / 現在式疑問句
기다리다 等候	기다리세요! 請等候！
	기다리세요? 您等嗎？
공부하다 讀書；用功	공부하세요! 請讀書！
	공부하세요? 您讀書嗎？
주다 給	주세요! 請給我！
	주세요? 您給嗎？
쉬다 休息	쉬세요! 請休息！
	쉬세요? 您休息嗎？
마시다 喝	마시세요! 請喝！
	마시세요? 您喝嗎？

❷ 接在動詞的語幹，語幹是子音結尾時＋으세요

現在式肯定句	V＋으세요.
現在式疑問句	V＋으세요?

說說看！

原形	現在式肯定句 / 現在式疑問句
듣다 聽	들으세요! 請聽！
	들으세요? 您聽嗎？
읽다 唸	읽으세요! 請唸！
	읽으세요? 您唸嗎？
먹다 吃	먹으세요! 請吃！
	먹으세요? 您吃嗎？
입다 穿衣	입으세요! 請穿衣！
	입으세요? 您穿衣嗎？
신다 穿鞋	신으세요! 請穿鞋！
	신으세요? 您穿鞋嗎？
넣다 放入	넣으세요! 請放進去！
	넣으세요? 您放進去嗎？

（四）「-ㅂ시다 / 읍시다」的用法　MP3-038

　　勸誘形的表現法，有勸導對方跟自己進行同樣的動作，中文意思為「一起……吧！」。動詞為母音結尾時，加「-ㅂ시다」；子音結尾時，加「-읍시다」。

❶ 接於動詞語幹的後面，語幹是母音結尾時＋ㅂ시다

說說看！

・가다 → 갑시다！	去（走）→ 去吧！（走吧！）
・보다 → 봅시다！	看 → 看吧！
・하다 → 합시다！	做 → 做吧！
・쓰다 → 씁시다！	寫 → 寫吧！
・마시다 → 마십시다！	喝 → 喝吧！

❷ 接於動詞語幹的後面，語幹是子音結尾時＋읍시다

說說看！

・먹다 → 먹읍시다！	吃 → 吃吧！
・읽다 → 읽읍시다！	唸 → 唸吧！
・앉다 → 앉읍시다！	坐 → 坐吧！
・듣다 → 들읍시다！	聽 → 聽吧！

※「듣다」屬於「ㄷ」不規則詞形變化，「ㄷ」脫落掉，換成「ㄹ」。

（五）「-십시오 / 으십시오」的用法 MP3-039

（使用時機）

　　表示非常尊重對方，有提議、建議對方之意，中文意思為「請
……吧！」。動詞為母音結尾時，加「-십시오」；子音結尾時，
加「-으십시오」。

❶ 接於動詞語幹的後面，語幹是母音結尾時＋십시오

（說說看！）

- 가다 → 가십시오!　　　　去（走）→ 請去吧！（請走吧！）
- 보다 → 보십시오!　　　　看 → 請看吧！
- 하다 → 하십시오!　　　　做 → 請做吧！
- 쓰다 → 쓰십시오!　　　　寫 → 請寫吧！
- 주다 → 주십시오!　　　　給 → 請給吧！

❷ 接於動詞語幹的後面，語幹是子音結尾時＋으십시오

（說說看！）

- 읽다 → 읽으십시오!　　　唸 → 請唸吧！
- 찾다 → 찾으십시오!　　　找 → 請找吧！
- 듣다 → 들으십시오!　　　聽 → 請聽吧！
- 앉다 → 앉으십시오!　　　坐 → 請坐吧！

※「듣다」屬於「ㄷ」不規則詞形變化，「ㄷ」脫落掉，換成「ㄹ」。

Chapter 5
韓語基本句型篇

一、人、事、時、地、物

（一）무엇을 -ㅂ니까 / 습니까? ……什麼？　MP3-040

　　表示詢問對方做什麼樣的動作之意。動詞語幹為母音結尾時，加「-ㅂ니까?」；動詞語幹為子音結尾時，加「-습니까?」。

　　韓語對話應用上，通常會盡量避開你、我、他等直呼人稱。詢問對方時，不用您、你等字眼，而是從動詞的尊、卑表現，就能判斷句子的對象是指對方或自己，這是韓文和中文不同之處。

> 說說看！

・무엇을 합니까?	（您）做什麼？
→ 공부를 합니다.	（我）讀書。
→ 라디오를 듣습니다.	（我）聽收音機。
→ 책을 봅니다.	（我）看書。
→ 전화를 합니다.	（我）打電話。
→ 빵을 먹습니다.	（我）吃麵包。
→ 국수를 먹습니다.	（我）吃麵。

・무엇을 듣습니까?	（您）聽什麼？
→ 음악을 듣습니다.	（我）聽音樂。
→ 뉴스를 듣습니다.	（我）聽新聞。
→ 라디오를 듣습니다.	（我）聽收音機。

→ 한국 민요를 듣습니다.　　　（我）聽韓國民謠。

→ 연주를 듣습니다.　　　　　（我）聽演奏。

→ 강연을 듣습니다.　　　　　（我）聽演講。

⋯⋯⋯⋯⋯

・무엇을 봅니까?　　　　　　（您）看什麼？

→ 소설을 봅니다.　　　　　　（我）看小說。

→ 신문을 봅니다.　　　　　　（我）看報紙。

→ 텔레비전을 봅니다.　　　　（我）看電視。

→ 영화를 봅니다.　　　　　　（我）看電影。

→ 애니메이션을 봅니다.　　　（我）看動畫（卡通）。

→ 드라마를 봅니다.　　　　　（我）看電視劇。

⋯⋯⋯⋯⋯

・무엇을 삽니까?　　　　　　（您）買什麼？

→ 우유를 삽니다.　　　　　　（我）買牛奶。

→ 빵을 삽니다.　　　　　　　（我）買麵包。

→ 라면을 삽니다.　　　　　　（我）買泡麵。

→ 옷을 삽니다.　　　　　　　（我）買衣服。

→ 구두를 삽니다.　　　　　　（我）買皮鞋。

→ 책을 삽니다.　　　　　　　（我）買書。

⋯⋯⋯⋯⋯

・무엇을 마십니까?　　　　　（您）喝什麼？

→ 커피를 마십니다.　　　　　（我）喝咖啡。

→ 우유를 마십니다.　　　　　（我）喝牛奶。

→ 쥬스를 마십니다.	（我）喝果汁。
→ 술을 마십니다.	（我）喝酒。
→ 물을 마십니다.	（我）喝水。
→ 홍차를 마십니다.	（我）喝紅茶。

....

· 무엇을 먹습니까?	（您）吃什麼？
→ 사과를 먹습니다.	（我）吃蘋果。
→ 과자를 먹습니다.	（我）吃餅乾。
→ 밥을 먹습니다.	（我）吃飯。
→ 김치찌개를 먹습니다.	（我）吃泡菜湯鍋。
→ 불고기를 먹습니다.	（我）吃烤肉。
→ 짜장면을 먹습니다.	（我）吃炸醬麵。

....

· 무엇을 좋아합니까?	（您）喜歡什麼？
→ 고양이를 좋아합니다.	（我）喜歡貓。
→ 개를 좋아합니다.	（我）喜歡狗。
→ 꽃을 좋아합니다.	（我）喜歡花。
→ 한국 드라마를 좋아합니다.	（我）喜歡韓劇。
→ 예술품을 좋아합니다.	（我）喜歡藝術品。
→ 예쁜 옷을 좋아합니다.	（我）喜歡漂亮的衣服。

（二）누구 / 누가　誰　<small>MP3-041</small>

「누구」通常當受格用，「누가」則當主格用。

· Q : 누구를 만납니까 ?　　　　　　　（您）見誰 ?
　 A : 친구를 만납니다.　　　　　　　（我）見朋友。

· Q : 저분은 누구십니까 ?　　　　　　那位是誰 ?
　 A : 할아버지이십니다.　　　　　　　是爺爺。

· Q : 누구세요 ?　　　　　　　　　　請問是誰 ?
　 A : 접니다.　　　　　　　　　　　是我。

· Q : 누구를 찾습니까 ?　　　　　　　（您）找誰 ?
　 A : 내 동생을 찾습니다.　　　　　　（我）找我的弟弟（妹妹）。

· Q : 누구를 제일 좋아합니까 ?　　　　（您）最喜歡誰 ?
　 A : 어머니를 제일 좋아합니다.　　　（我）喜歡媽媽。

· Q : 누구를 제일 싫어합니까 ?　　　　（您）最討厭誰 ?
　 A : 거짓말쟁이를 제일 싫어합니다.　（我）最討厭說謊的人。

· Q : 누가 책을 읽습니까 ?　　　　　誰在唸書 ?
　 A : 형이 책을 읽습니다.　　　　　哥哥在唸書。

· Q : 누가 시장에 갑니까 ?　　　　　誰去市場 ?
　 A : 어머니가 시장에 갑니다.　　　　媽媽去市場。

- Q : 누가 텔레비전을 봅니까?   誰在看電視？
  A : 동생이 텔레비전을 봅니다.   弟弟（妹妹）在看電視。

- Q : 누가 노래를 부릅니까?   誰在唱歌？
  A : 학생들이 노래를 부릅니다.   學生在唱歌。

- Q : 누가 춤을 춥니까?   誰在跳舞？
  A : 여동생이 춤을 춥니다.   妹妹在跳舞。

- Q : 누가 잠을 잡니까?   誰在睡覺？
  A : 아기가 잠을 잡니다.   孩子在睡覺。

（三）V+는데 當……時 MP3-042

表示說明發生事件的原因，接在動詞語幹之後。

説説看！

- 방으로 들어가는데 전화가 왔습니다.   進去房間時，電話來了。

- 공부를 하는데 전화벨 소리가 들렸습니다.   唸書時，電話鈴聲響了。

- 밥을 먹는데 친구가 찾아왔습니다.   吃飯時，朋友來找我了。

- 산을 올라가는데 갑자기 비가 왔습니다.   上山時，突然下雨了。

- 내가 집을 나가는데 형이 들어왔습니다.   我出門時，哥哥進來了。

- 공부를 하는데 엄마가 사과를 가져왔습니다.
  唸書時，媽媽拿蘋果來了。

二、助詞

（一）N＋와／과 ⋯⋯和⋯⋯ MP3-043

「와／과」為連接詞，有「和」的意思，連接於名詞與名詞之間。名詞為母音結尾時，加「와」；名詞為子音結尾時，加「과」。

説説看！

名詞為母音結尾時，加「-와」

- **우유와 빵.**　　　　　牛奶和麵包。
- **개와 고양이.**　　　　狗和貓。
- **엄마와 아기.**　　　　媽媽和孩子。
- **구두와 바지.**　　　　皮鞋和褲子。
- **모자와 장갑.**　　　　帽子和手套。
- **채소와 과일.**　　　　蔬菜和水果。

名詞為子音結尾時，加「-과」

- **책과 노트.**　　　　　書和筆記本。
- **눈과 비.**　　　　　　雪和雨。
- **손과 발.**　　　　　　手和腳。
- **선생님과 학생.**　　　老師和學生。
- **술과 담배.**　　　　　酒和香菸。
- **물과 공기.**　　　　　水和空氣。

（二）N＋도 ……也 MP3-044

「도」為輔助助詞，相當於中文的「也」。通常接於人、事、物之後。例如：

・커피가 있습니다. 콜라도 있습니다.　　　有咖啡。也有可樂。

・눈이 예쁩니다. 코도 예쁩니다.　　　　眼睛漂亮。鼻子也漂亮。

・빵을 삽니다. 우유도 삽니다.　　　　　買麵包。也買牛奶。

說說看！

・아기가 잡니다. 고양이가 잡니다.　　　孩子睡覺。貓睡覺。

→ 아기와 고양이가 잡니다.　　　　　　孩子和貓在睡覺。

→ 아기가 잡니다. 고양이도 잡니다.　　　孩子睡覺。貓也睡覺。

....

・개를 좋아합니다. 고양이를 좋아합니다.　我喜歡狗。我喜歡貓。

→ 개와 고양이를 좋아합니다.　　　　　我喜歡狗和貓。

→ 개를 좋아합니다. 고양이도 좋아합니다.　我喜歡狗。也喜歡貓。

....

・손을 씻습니다. 발을 씻습니다.　　　　洗手。洗腳。

→ 손과 발을 씻습니다.　　　　　　　　洗手和腳。

→ 손을 씻습니다. 발도 씻습니다.　　　　洗手。也洗腳。

....

・사과를 먹습니다. 배를 먹습니다.　　　吃蘋果。吃梨。

→ 사과와 배를 먹습니다.　　　　　　　吃蘋果和梨。

→ 사과를 먹습니다. 배도 먹습니다.　　　吃蘋果。也吃梨。

....

· 선생님을 만납니다. 친구를 만납니다.　　　見老師。見朋友。

→ 선생님과 친구를 만납니다.　　　見老師和朋友。

→ 선생님을 만납니다. 친구도 만납니다.　　　見老師。也見朋友。

· 언니가 방에 있습니다. 동생이 방에 있습니다.

　姊姊在房間。弟弟在房間。

→ 언니와 동생이 방에 있습니다.

　姊姊和弟弟在房間。

→ 언니가 방에 있습니다. 동생도 방에 있습니다.

　姊姊在房間。弟弟也在房間。

（三）N＋입니다. / 입니까 ？　是……。/ 是……嗎？ MP3-045

　　「입니다」為「이다」的敬語形，表示「是」的意思。通常接在人、事、物等名詞之後，疑問句的表現法為「입니까?」。

説説看！

· 학생　　　　　　　　　　學生

→ 학생입니다.　　　　　　（我）是學生。

→ 학생입니까?　　　　　　（您）是學生嗎？

· 한국 사람　　　　　　　　韓國人

→ 한국 사람입니다.　　　　（我）是韓國人。

→ 한국 사람입니까?　　　　（您）是韓國人嗎？

・스물일곱 살   二十七歲

→ 스물일곱 살입니다.   （我）是二十七歲。

→ 스물일곱 살입니까?   （您）是二十七歲嗎？

....

・어머니   媽媽

→ 어머니입니다.   是媽媽。

→ 어머니입니까?   是媽媽嗎？

....

・친구   朋友

→ 친구입니다.   是朋友。

→ 친구입니까?   是朋友嗎？

....

・버스정류장   公車站

→ 버스정류장입니다.   是公車站。

→ 버스정류장입니까?   是公車站嗎？

（四）N＋에서　從……；在…… `MP3-046`

「에서」為格助詞，表示「從」、「在」的意思，是接續在地點、場所、位置後的語助詞。

| 說說看！ |

-에서　從

- **이정은 씨는 어디에서 왔습니까?**

  李廷恩小姐是從哪裡來的？（李廷恩小姐是哪裡人？）

- **이정은 씨는 한국에서 왔습니다.**

  李廷恩小姐是從韓國來的。（李廷恩小姐是韓國人。）

- **미국에서 편지가 왔습니다.**

  信是從美國來的。

- **서울에서 전화가 왔습니다.**

  電話是從首爾來的。

- **고향에서 친구가 찾아왔습니다.**

  朋友從故鄉來找我了。

- **이것은 한국에서 수입하는 것입니다.**

  這是從韓國進口的。

※「이 것은 한국에서 수입하는 것입니다.」表示常態性，用冠形形現在式表現法即可。若用「……수입한 것입니다.」則表示這個東西是已經進口進來的，用冠形形過去式表現法。

- 나는 학교에서 공부합니다.   我在學校做功課（唸書）。

- 나는 방에서 음악을 듣습니다.   我在房裡聽音樂。

- 동생은 식당에서 밥을 먹습니다.   弟弟（妹妹）在餐廳吃飯。

- 어머니는 부엌에서 그릇을 씻습니다.   媽媽在廚房洗碗。

- 아버지는 방에서 신문을 봅니다.   爸爸在房裡看報紙。

- 우리는 다방에서 커피를 마셨습니다.   我們在咖啡廳喝咖啡。

（五）N＋의 ……的   MP3-047

「의」為格助詞，表示「的」之意，接續在人稱或名詞之後。「나의」（我的）通常縮寫成「내」、「너의」（你的）通常縮寫成「네」。

說說看！

- 언니의 시계는 예쁩니다.   姊姊的（手）錶漂亮。

- 나의 책이 가방 안에 있습니다.   我的書在書包裡。

- 내 안경이 책상 위에 있습니다.   我的眼鏡在書桌上。

- 오늘은 남동생의 생일입니다.   今天是弟弟的生日。

- 백화점의 옷은 비쌉니다.   百貨公司的衣服貴。

- 남대문시장의 옷은 쌉니다.   南大門市場的衣服便宜。

（六）N＋에 在……（表示時間點的助詞） MP3-048

　　「에」可當時間助詞，通常用來敘述事件發生的時間點，但是若出現「지금」（現在）、「어제」（昨天）、「오늘」（今天）、「내일」（明天）、「언제」（何時）等的字眼時，「-에」可以省略不用。「-에」同時又可以表示目的地的助詞，有「到……」的意思。

說說看！

加「-에」的情況

・몇 시에 만났습니까? 　　　　　幾點見面？

→ 여섯 시 반에 만났습니다. 　　六點半見面。

....

・일요일에 무엇을 했습니까? 　　星期日做什麼了？

→ 친구와 같이 산에 갔습니다. 　和朋友去爬山了。

....

・오후에 시간이 있습니까? 　　　下午有時間嗎？

→ 미안합니다. 시간이 없습니다. 　對不起。我沒空。

....

・아침에 밥을 먹었습니까? 　　　您早上吃飯了嗎？

→ 아니요. 빵을 먹었습니다. 　　不。我吃麵包了。

....

・몇 시에 학교에 옵니까? 　　　您幾點來學校？

→ 여덟 시에 학교에 옵니다. 　　我八點來學校。

不加「-에」的情況

- **오늘 수업이 있습니까?**　　　　　　（您）今天有課嗎？
- **→ 네, 수업이 있습니다.**　　　　　　是的，我有課。

....

- **지금 비가 옵니까?**　　　　　　　　現在下雨嗎？
- **→ 아니요. 안 옵니다.**　　　　　　　不。不下。

....

- **내일 병원에 갑니까?**　　　　　　　（您）明天去醫院嗎？
- **→ 아니요. 모레 갑니다.**　　　　　　不。我後天去。

....

- **언제 시험이 있습니까?**　　　　　　（您）什麼時候有考試？
- **→ 내일 있습니다.**　　　　　　　　明天有。

....

- **언제 친구를 만납니까?**　　　　　　（您）什麼時候見朋友？
- **→ 오늘 오후에 친구를 만납니다.**　　（我）今天下午見朋友。

（七）N＋부터…N＋까지 從……到…… MP3-049

「부터…까지」是說明時間點的用法，表示「從……到……」之意。

說說看！

・**몇 시부터 몇 시까지 공부합니까?**

您從幾點唸書到幾點？

→ **오전 9(아홉) 시부터 오후3(세) 시까지 공부합니다.**

我從上午九點唸到下午三點。

················

・**몇 시부터 몇 시까지 잡니까?**

您從幾點睡到幾點？

→ **밤 11(열 한) 시부터 아침 6(여섯) 시까지 잡니다.**

我從晚上十一點睡到早上六點。

················

・**며칠부터 며칠까지 여름방학입니까?**

暑假是幾號（日）到幾號（日）？

→ **7(칠)월 1(일)일부터 8(팔)월 30(삼십)일까지 여름방학입니다.**

暑假是七月一號（日）到八月三十號（日）。

················

・**그 연극은 며칠부터 며칠까지 합니까?**

那部話劇幾號（日）到幾號（日）公演？

→ **4(사)월 15(십오)일부터 5(오)월 5(오)일까지 합니다.**

四月十五號（日）到五月五號（日）公演。

················

- 언제부터 언제까지 시험이 있습니까?

  考試是從什麼時候到什麼時候？

→ 오늘부터 모레까지 시험이 있습니다.

  考試是從今天考到後天。

....

- 언제부터 언제까지 비가 많이 옵니까?

  從什麼時候到什麼時候常下雨？

→ 6(유)월부터 8(팔)월까지 비가 많이 옵니다.

  六月到八月常下雨。

（八）N＋에게 給……；向……；對…… MP3-050

　　「에게」為格助詞，使用的對象通常是人，若對象為其他活體，如動物，則用「한테」。而「한테」也是「에게」口語化的表現。

[說說看！]

- 친구에게 편지를 씁니다.	給朋友寫信。
- 여자 친구에게 전화를 합니다.	給女朋友打電話。
- 아내에게 생일 선물을 줍니다.	給太太生日禮物。
- 강아지한테 밥을 줍니다.	給小狗吃飯。
- 새한테 물을 줍니다.	給小鳥喝水。
- 고양이한테 우유를 줍니다.	給貓喝牛奶。

（九）N＋(으)로　往…… MP3-051

「(으)로」為表示方向的語助詞，接在名詞之後。名詞語幹是母音結尾時，接「로」；是子音結尾時，則接「으로」。

說說看！

- 이번 여름에는 바닷가로 놀러갑니다.　　這個夏天去海邊玩。

- 지하철역은 어디로 갑니까?　　地鐵站要往哪裡走？

- 저쪽으로 앉으십시오.　　請往那邊坐！

- 이쪽으로 오십시오.　　請往這邊來！

- 이 층으로 올라가십시오.　　請往二樓上去！

- 안으로 들어가십시오.　　請往裡面走！

（十）N＋에게서　從（某人）…… MP3-052

「에게서」為格助詞，有「從」、「自」的意思。接在人稱名詞之後，但在會話中，較常使用「한테서」。

說說看！

- 어제 정은에게서 전화가 왔습니다.　　昨天廷恩來電話了。

- 이 선물은 누나에게서 받았습니다.　　這禮物是姊姊給的。

- 선생님에게서 한국말을 배웠습니다.　　我跟老師學韓語。

- 어머니에게서 편지가 왔습니다.　　媽媽來信了。

三、基本單位

　　關於基本單位，有「數字」、「量詞」、「時間」等用法。依照韓國人的習性，在數字應用上，有2種表現法，一種是採用漢字音（漢字語）數字唸法，另一種是使用純韓文（固有語）數字唸法。

（一）숫자 數字 　MP3-053

　　「韓文數字」用法有2種，一種是漢字音數字唸法，另外一種則是純韓文數字唸法。

說說看！

數字	1	2	3	4	5	6	7	8	9	10
漢字音	일	이	삼	사	오	육（륙）	칠	팔	구	십
純韓文	하나	둘	셋	넷	다섯	여섯	일곱	여덟	아홉	열
數字＋개（個）	한	두	세	네	다섯	여섯	일곱	여덟	아홉	열

數字	20	30	40	50	60	70	80	90
漢字音	이십	삼십	사십	오십	육십	칠십	팔십	구십
純韓文	스물	서른	마흔	쉰	예순	일흔	여든	아흔
數字＋개（個）	스무	서른	마흔	쉰	예순	일흔	여든	아흔

※其他數字說法，請參照「附錄1：實用分類單字篇」

（二）수량명사 量詞 ─ MP3-054

　　韓語關於「量詞」的數字表現法，也有2種。有些量詞會用漢字音（漢字語）數字，有些則是採用純韓文（固有語）數字唸法，這是根據韓國人的習慣用法。一般數量較少時，多用純韓文數字唸法，數量大時，可用漢字音數字唸法。例如：

名、人	個	匹、隻	卷、本	碗	杯	張、件
명、사람	개	마리	권	그릇	잔	장

- **학생 일곱 명.**　　　　　　　　　學生七名。
- **→ 학생이 일곱 명 있습니다.**　　　學生有七名。

....

- **사과 두 개.**　　　　　　　　　　蘋果二個。
- **→ 사과를 두 개 먹습니다.**　　　　吃二個蘋果。

....

- **고양이 네 마리.**　　　　　　　　貓四隻。
- **→ 고양이가 네 마리 있습니다.**　有四隻貓。

....

- **책 다섯 권.**　　　　　　　　　　書五本。
- **→ 책을 다섯 권 삽니다.**　　　　　賞五本書。

....

- **밥 세 그릇.**　　　　　　　　　　飯三碗。
- **→ 밥이 세 그릇 있습니다.**　　　　有三碗飯。

....

- **커피 한 잔.**　　　　　　　　　　咖啡一杯。
- **→ 커피를 한 잔 마십니다.**　　　　喝一杯咖啡。

....

- 종이 여섯 장.　　　　　　　　　　　紙六張。
→ 종이 여섯 장 주세요.　　　　　　　請給我六張紙。

說說看！

- 의자가 네 개 있습니다.　　　　　　　椅子有四個（張）。

- 고양이가 세 마리 있습니다.　　　　　貓有三隻。

- 밥을 한 그릇 먹습니다.　　　　　　　吃一碗飯。

- 우유를 두 잔 마십니다.　　　　　　　喝二杯牛奶。

- 여자가 여섯 명 있습니다.　　　　　　女生有六名。

- 사과를 몇 개 먹습니까 ?　　　　　　吃幾個蘋果？
  다섯 개 먹습니다.　　　　　　　　　吃五個。

- 맥주를 몇 잔 마십니까 ?　　　　　　喝幾杯啤酒？
  여섯 잔 마십니다.　　　　　　　　　喝六杯。

- 노트를 몇 권 삽니까 ?　　　　　　　買幾本筆記本？
  열 다섯 권 삽니다.　　　　　　　　　買十五本。

- 버스정류장에 몇 사람 있습니까 ?　　公車站上有幾個人？
  열 네 사람 있습니다.　　　　　　　有十四個人。

- 사탕을 몇 개 삽니까 ?　　　　　　　買幾顆糖果？
  스무 개 삽니다.　　　　　　　　　　買二十顆。

（三）-시、-분 時（點）、分 　MP3-055

通常在說明「時間」時，會以「韓時漢分」來表現。也就是說，說到「時」（點）的時候，會以純韓文數字來表示；而說到「分」的時候，則以漢字音來表現。

시 時；點

一點	兩點	三點	四點	五點	六點
한 시	두 시	세 시	네 시	다섯 시	여섯 시

七點	八點	九點	十點	十一點	十二點
일곱 시	여덟 시	아홉 시	열 시	열한 시	열두 시

분 分

一分	二分	三分	四分	五分	六分	七分	八分	九分
일 분	이 분	삼 분	사 분	오 분	육 분	칠 분	팔 분	구 분

十分	十一分	十二分	二十分	三十分 / 半	四十分	五十分	五十九分
십 분	십일 분	십이 분	이십 분	삼십 분 / 반	사십 분	오십 분	오십구 분

때 時候

黎明（清晨）	早晨	中午	白天	傍晚	夜晚	上午	下午
새벽	아침	점심	낮	저녁	밤	오전	오후

- 지금 몇 시입니까?　　　　　　　　現在是幾點？
  한 시 팔 분입니다.　　　　　　　　是一點八分。

- 몇 시에 친구를 만납니까?　　　　幾點見朋友？
  세 시 반에 친구를 만납니다.　　　三點半見朋友。

- 몇 시에 학교에 갑니까?　　　　　幾點去學校？
  여덟 시에 학교에 갑니다.　　　　八點去學校。

- 몇 시에 집에 옵니까?　　　　　　幾點回到家裡來？
  여섯 시 반에 집에 옵니다.　　　　六點半到回家裡來。

- 몇 시에 아침밥을 먹습니까?　　　幾點吃早飯？
  일곱 시 십 분에 아침밥을 먹습니다.　七點十分吃早飯。

- 어제 몇 시에 잤습니까?　　　　　昨天幾點睡覺？
  어제 열 시에 잤습니다.　　　　　昨天十點睡覺。

四、副詞

（一）그런데 然而；但是 　MP3-056

　　「그런데」是接續副詞，有時候與「그렇지만」、「그러나」的意思相通。通常用來表達說話者陳述前述話語後，轉折到其他議題或接續前述內容繼續陳述。表示「然而，那……」或是「但是，那……」的意思。

說說看！

- 밥과 반찬이 있습니다.　　　　　　　有飯和菜（餚）。
  그런데 무엇이 없습니까?　　　　　　但是，沒有什麼呢？

- 책상 위에 책과 노트가 있습니다.　　書桌上有書和筆記本。
  그런데 볼펜이 없습니다.　　　　　　但是，沒有原子筆。

- 내 여동생은 예쁩니다.　　　　　　　我的妹妹漂亮。
  그런데 키가 좀 작습니다.　　　　　　但是，個子有點兒小。

- 비가 옵니다.　　　　　　　　　　　下雨。
  그런데 우산이 없습니나.　　　　　　但是，沒有雨傘。

（二）그리고 而且；又；和；接著 MP3-057

「그리고」是「그리하고」的縮語，與「그리하여」、「와」、「과」、「또」、「및」等意思相通。表示「而且」、「又」、「和」、「接著」之意。

說說看！

- **옷을 샀습니다.**　　　　　　　　　　買了衣服。
  그리고 친구를 만났습니다.　　　　接著又見朋友了。

- **노래를 부릅니다.**　　　　　　　　　唱歌。
  그리고 춤을 춥니다.　　　　　　　又跳舞。

- **신문을 봅니다.**　　　　　　　　　　看報紙。
  그리고 음악을 듣습니다.　　　　　又聽音樂。

- **세수를 합니다.**　　　　　　　　　　洗臉。
  그리고 발을 씻습니다.　　　　　　又洗腳。

- **한국어를 배웁니다.**　　　　　　　學韓語。
  그리고 한국노래를 배웁니다.　　又學韓國歌。

- **책을 삽니다.**　　　　　　　　　　　買書。
  그리고 가방을 삽니다.　　　　　又買書包。

（三）그렇지만　然而；但是（＝그러나）　MP3-058

「그렇지만」是接續副詞，有時候與「그런데」、「그러나」的
意思相通。通常用來表達說話者陳述前述話語後，轉折到其他議題或
接續前述內容繼續陳述。表示「但是，那……」或「然而，那……」
意思。

> **說說看！**

- 한국말은 아주 어렵습니다.　　　韓語很難。
  그렇지만(그러나) 한국어 공부는 재미있습니다.　但是，學韓語很有趣。

- 나는 산을 좋아합니다.　　　我喜歡山。
  그렇지만 바다는 안 좋아합니다.　　但是，我不喜歡海。

- 나는 텔레비전을 많이 봅니다.　　我常看電視。
  그렇지만 영화는 안 봅니다.　　但是，我不看電影。

- 지금은 봄입니다.　　　現在是春天。
  그렇지만 좀 춥습니다.　　但是，有點兒冷。

- 나는 배를 좋아합니다.　　我喜歡梨。
  그렇지만 내 동생은 사과를 좋아합니다.　但是，我弟弟喜歡蘋果。

- 오늘은 일요일입니다.　　今天是星期日。
  그렇지만 나는 학교에 갑니다.　　但是，我還是去學校。

（四）그래서 因此；所以 MP3-059

「그래서」是接續副詞，所接續的後文通常因前述話語的原因、條件、根據等而造成後文狀態時使用。表示「因此」、「所以」之意。

說說看！

・나는 한국을 좋아합니다. 그래서 한국어를 공부합니다.

　我喜歡韓國，所以學韓語。

・오늘 피곤합니다. 그래서 일찍 잡니다.

　今天很累，所以早點兒睡。

・시간이 없습니다. 그래서 택시를 탑니다.

　沒時間了，所以搭計程車。

・머리가 아픕니다. 그래서 약을 먹습니다.

　頭痛，所以吃藥。

・나는 학생입니다. 그래서 열심히 공부합니다.

　我是學生，所以用功讀書。

・날씨가 춥습니다. 그래서 나는 옷을 많이 입습니다.

　天氣冷，所以我穿很多衣服。

（五）A＋게 副詞形 ─MP3-060

接在狀態動詞語幹之後，變成副詞形態，修飾後面的動詞。

説説看！

- **이가 심하게 아픕니다.**

  牙齒痛得很厲害。

- **친구들과 재미있게 이야기를 했습니다.**

  和朋友們聊天聊得很有趣。

- **오늘은 바쁘게 일했습니다.**

  （我）今天忙於工作。

- **오늘 점심은 맛있게 먹었습니다.**

  今天的午餐很好吃。

- **오늘은 친구들과 기분좋게 술을 마셨습니다.**

  今天和朋友們喝酒喝得很愉快。

- **저 남자는 옷을 아주 멋있게 입었습니다.**

  那個男人衣服穿得很帥。

五、肯定；否定；禁止

（一）네 / 아니요 是 / 不 　MP3-061

「네」用於肯定句；「아니요」用於否定句。

说说看！

- 텔레비전을 봅니까 ?　　　　　　　（您）看電視嗎？
- → 네, 봅니다.　　　　　　　　　　是的，我看。
- → 아니요. 안 봅니다.　　　　　　　不。我不看。

....

- 우유를 마십니까 ?　　　　　　　　（您）喝牛奶嗎？
- → 네, 마십니다.　　　　　　　　　是的，我喝。
- → 아니요. 안 마십니다.　　　　　　不。我不喝。

....

- 옷이 예쁩니까 ?　　　　　　　　　衣服漂亮嗎？
- → 네, 예쁩니다.　　　　　　　　　是的，漂亮。
- → 아니요. 안 예쁩니다.　　　　　　不。不漂亮。

....

- 음악을 듣습니까 ?　　　　　　　　（您）聽音樂嗎？
- → 네, 듣습니다.　　　　　　　　　是的，我聽。
- → 아니요. 안 듣습니다.　　　　　　不。我不聽。

....

· 날씨가 좋습니까 ?　　　　　　　天氣好嗎 ?

→ 네, 좋습니다.　　　　　　　　是的，（天氣）好。

→ 아니요. 안 좋습니다.　　　　　不。不好。

....

· 사람이 많습니까 ?　　　　　　　人多嗎 ?

→ 네, 많습니다.　　　　　　　　是的，多。

→ 아니요. 안 많습니다.　　　　　不。不多。

（二）N＋에 있다 / 없다　有；沒有 / 在；不在　MP3-062

　　「에」是表示位置的助詞，接於名詞（場所、位置、地點）之後；「있다 / 없다」表示「有；沒有」或「在；不在」之意。

| 說說看 ! |

· 교실에 학생이 있습니다.　　　　教室裡有學生。（學生在教室。）
　교실에 선생님이 없습니다.　　　教室裡沒有老師。（老師不在教室。）

· 방에 책상이 있습니다.　　　　　房間裡有書桌。
　방에 의자가 없습니다.　　　　　房間裡沒有椅子。

· 가방에 책이 있습니다.　　　　　書包裡有書。
　가방에 노트가 (공책이) 없습니다.　書包裡沒有筆記本。

· 집에 개가 있습니다.　　　　　　家裡有狗。
　집에 고양이가 없습니다.　　　　家裡沒有貓。

· 책상 위에 책이 있습니다.　　　　書桌上有書。
　책상 위에 안경이 없습니다.　　　書桌上沒有眼鏡。

（三）N＋이 / 가 아니다　不是…… MP3-063

「N＋이 / 가 아니다」表示否定之意。

[說說看！]

- 학생입니까?　　　　　　　　　　　　　是學生嗎？
  아니요. 학생이 아닙니다.　　　　　　　　不。不是學生。
  선생님입니다.　　　　　　　　　　　　是老師。

- 선생님입니까?　　　　　　　　　　　　是老師嗎？
  아니요. 선생님이 아닙니다.　　　　　　　不。不是老師。
  회사원입니다.　　　　　　　　　　　　是公司職員（上班族）。

- 일본 사람입니까?　　　　　　　　　　　是日本人嗎？
  아니요. 일본 사람이 아닙니다.　　　　　不。不是日本人。
  중국 사람입니다.　　　　　　　　　　　是中國人。

- 오늘은 일요일입니까?　　　　　　　　　今天是星期日嗎？
  아니요. 오늘은 일요일이 아닙니다.　　　不。今天不是星期日。
  토요일입니다.　　　　　　　　　　　　是星期六。

- 친구입니까?　　　　　　　　　　　　　是朋友嗎？
  아니요. 친구가 아닙니다.　　　　　　　不。不是朋友。
  언니입니다.　　　　　　　　　　　　　是姊姊。

- 아버지의 넥타이입니까?　　　　　　　　是爸爸的領帶嗎？
  아니요. 아버지의 넥타이가 아닙니다.　　不。不是爸爸的領帶。
  형의 넥타이입니다.　　　　　　　　　　是哥哥的領帶。

（四）V＋지 마십시오　請勿…… MP3-064

　　「지 마십시오」是勸誘、禁止的否定形，接在動詞語幹之後。表示「請勿」、「請不要……」之意。

說說看！

- **늦지 마십시오.**

  請勿遲到。

- **떠들지 마십시오.**

  請勿吵鬧。

- **교실에서는 담배를 피우지 마십시오.**

  請不要在教室裡吸菸。

- **잔디밭에 휴지를 버리지 마십시오.**

  請勿將紙屑丟棄在草坪上。

- **위험합니다. 여기에 있지 마십시오.**

  危險！請勿在此逗留。

- **술을 너무 많이 마시지 마십시오.**

  請不要喝太多酒。

（五）못＋V 無法……；不能……；不會…… MP3-065

「못」為副詞，表示否定之意。接在動詞之前，有「無法」、「不能」、「不會」的意思。

> 說說看！

- **감기에 걸려서 못 옵니다.**

  因為感冒，所以沒辦法來。

- **수영을 못 합니다.**

  我不會游泳。

- **시간이 없어서 내일 못 갑니다.**

  因為沒空，所以明天沒辦法去。

- **나는 노래도 못 하고 춤도 못 춥니다.**

  我既不會唱歌，也不會跳舞。

- **이 신발은 작아서 못 신습니다.**

  這鞋子太小，穿不下。

- **한국말을 잘 못합니다.**

  （我）不太會說韓語。

六、連接詞

（一）V / A ＋ 고 和……；又……；而…… MP3-066

　　「V / A ＋ 고」是連接2個動作的連接詞，有時可以用來說明2件事情的並列，也可以用來說明2件事情的對立，有「和」、「又」、「而」的意思。

説説看！

・나는 청소를 했습니다. 그리고 (나는) 빨래를 했습니다.

　我打掃了。我又洗衣服了。

→ 나는 청소를 하고 빨래를 했습니다.

　　我打掃又洗衣服了。

．．．．．．．．．．．．．．．．

・나는 세수를 합니다. 그리고 (나는) 밥을 먹습니다.

　我洗臉。我又吃飯。

→ 나는 세수를 하고 밥을 먹습니다.

　　我洗臉又吃飯。

．．．．．．．．．．．．．．．．

・내 동생은 예쁩니다. 그리고 (내 동생은) 똑똑합니다.

　我妹妹漂亮。而且聰明伶俐。

→ 내 동생은 예쁘고 똑똑합니다.

　　我妹妹漂亮又聰明伶俐。

．．．．．．．．．．．．．．．．

· 나는 청소를 했습니다. 그리고 내 동생은 빨래를 했습니다.

我打掃了。而且弟弟洗衣服了。

→ 나는 청소를 했고 내 동생은 빨래를 했습니다.

我打掃，而弟弟洗衣服了。

··················

· 나는 클래식음악을 좋아합니다. 그리고 우리 언니는 팝송을 좋아합니다.

我喜歡古典音樂。而我的姊姊喜歡流行歌曲。

→ 나는 클래식음악을 좋아하고 우리 언니는 팝송을 좋아합니다.

我喜歡古典音樂，而我的姊姊喜歡流行歌曲。

（二）V / A＋(으)러 가다　去……做……　MP3-067

　　「(으)러」為連接詞，接在動詞之後。有「為了……而……」的意思。其後通常會接「가다」、「오다」、「다니다」等動詞。動詞語幹為母音結尾時，加上「러」，但是當尾音為子音「ㄹ」時，也可以直接加上「러」；子音結尾時，加上「으러」。

說說看！

· 한국어를 배우러 학교에 갑니다.	（我）去學校學韓語。
· 친구를 만나러 다방에 갑니다.	（我）去咖啡館見朋友。
· 동생은 영화를 보러 극장에 갔습니다.	弟弟去戲院看電影。
· 옷을 사러 백화점에 갑니다.	（我）去百貨公司買衣服。
· 수미가 나를 만나러 우리집에 왔습니다.	秀美來我家見我了。
· 운동을 하러 공원에 갑니다.	（我）去公園運動。

· 밥을 먹으러 식당에 갑니다. （我）去餐廳吃飯。

· 손을 씻으러 욕실에 들어갔습니다. （我）進去浴室洗手。

· 옷을 갈아입으러 방에 갔습니다. （我）去房間換穿衣服。

· 정은이는 전화를 걸러 나갔습니다. 廷恩出去打電話了。

· 한국말을 배우러 학교에 다닙니다. （我）去學校學韓語。

· 커피를 마시러 다방에 갑니다. （我）去咖啡館喝咖啡。

· 편지를 부치러 우체국에 갑니다. （我）去郵局寄信。

· 꽃을 사러 꽃집에 갑니다. （我）去花店買花。

· 머리를 깎으러 이발소에 갑니다. （我）去理髮廳剪頭髮。

· 파마를 하러 미장원에 갑니다. （我）去美容院燙頭髮。

· 머리를 감으러 미장원에 갑니다. （我）去美容院洗頭髮。

· 약을 사러 약국에 갑니다. （我）去藥局買藥。

（三）V／A＋아／어서
因為……所以…… / ……之後，接著…… MP3-068

「아／어서」為連接詞，表示原因，說明前因後果。當做前後2個動作的連接詞，接續在動作動詞或狀態動詞語幹後面。動作動詞或狀態動詞語幹的母音為陽性母音時，接「아서」；母音為陰性或中性母音時，接「어서」。

※語幹母音為：ㅏ、ㅗ＋아서
　語幹母音為：ㅓ、ㅜ、ㅡ、ㅣ＋어서

- **늦어서 미안합니다.**

  對不起來晚（遲到）了。

- **시간이 없어서 점심에 라면을 먹었습니다.**

  因為沒空，所以午餐吃泡麵。

- **너무 많이 먹어서 배가 부릅니다.**

  因為吃太多，所以肚子飽。

- **책을 많이 읽어서 눈이 아픕니다.**

  因為唸很多書，所以眼睛痛。

- **기분이 좋아서 노래를 부릅니다.**

  因為心情好，所以唱歌。

- **오랫동안 미국에 살아서 영어를 잘합니다.**

  因為長期住在美國，所以很會說英語。

- **꽃집에 가서 장미꽃을 샀습니다.**

  （我）去花店買玫瑰花了。

- **책을 사서 읽었습니다.**

  買書來唸了。

- **친구를 만나서 테니스를 쳤습니다.**

  跟朋友見面後去打網球了。

- **학교에 가서 공부합니다.**

  去學校唸書。

- **식당에 가서 밥을 먹습니다.**

  去餐廳吃飯。

- **인형을 만들어서 동생에게 주었습니다.**

  做娃娃送給妹妹了。

（四）V／A＋기 때문에 因為……所以…… MP3-069

「기 때문에」為連接詞，說明前因後果。接在動作動詞或狀態動詞語幹之後，表示「因為……，所以……」之意。

説説看！

- **머리가 아프기 때문에 병원에 갑니다.**

  因為頭痛，所以去醫院。

- **비가 많이 오기 때문에 야구를 못합니다.**

  因為雨下很大，所以無法打棒球。

- **날씨가 춥기 때문에 옷을 많이 입었습니다.**

  因為天氣冷，所以穿很多衣服。

- **피곤했기 때문에 늦잠을 잤습니다.**

  因為疲倦，所以晚起床。

- **술을 많이 마셨기 때문에 머리가 아픕니다.**

  因為喝很多酒，所以頭痛。

- **늦게 일어났기 때문에 지각했습니다.**

  因為晚起床，所以遲到了。

（五）V＋(으)면서　一邊……一邊…… MP3-070

「(으)면서」為連結語尾，表示動作同時進行或狀態同時出現。接續在動詞語幹之後的連接詞。動詞語幹為母音結尾時，接「면서」；子音結尾時，接「(으)면서」（※「ㄹ」除外）。

說說看！

- **정은이는 프로그램을 보면서 커피를 마셨습니다.**

  廷恩邊看節目邊喝咖啡。

- **나는 신문을 보면서 음악을 듣습니다.**

  我邊看報紙邊聽音樂。

- **우리는 걸어가면서 이야기했습니다.**

  我們邊走邊聊天。

- **아이가 울면서 말했습니다.**

  孩子邊哭邊說。

- **나는 밥을 먹으면서 신문을 봅니다.**

  我邊吃飯邊看報紙。

- **전화를 받으면서 메모를 합니다.**

  （我）一邊接電話一邊做筆記。

七、日常生活

（一）V＋기 전에 ……之前 [MP3-071]

「기 전에」接在動詞語幹之後，表示進行某項動作之前的意思。

說說看！

- 극장에 가기 전에 꽃집에 갔습니다.

  （我）去戲院之前，先去花店了。

- 자기 전에 일기를 씁니다.

  （我）在睡覺前寫日記。

- 밥을 먹기 전에 손을 씻습니다.

  飯前洗手。

- 한국에 오기 전에 한국어를 조금 배웠습니다.

  （我）來韓國之前，學了些韓語。

- 학교에 오기 전에 예습을 합니다.

  來學校之前先預習。

- 손님이 오기 전에 청소를 했습니다.

  客人來之前，先打掃了。

（二）V＋고 나서 ……後，接著…… MP3-072

　　「고 나서」為連接詞，使用於一個動作結束之後，接續另一個動作，或發生某種情況，接續在動詞語幹之後，表示「……後，接著……」之意。

説説看！

- **연극이 끝나고 나서 미주는 무대 뒤로 갔습니다.**

  話劇結束後，美珠往舞台後面走去。

- **밥을 먹고 나서 이를 닦습니다.**

  飯後刷牙。

- **이 일을 다 하고 나서 가겠습니다.**

  這事情全都做完後，（我）會去的。

- **돈을 많이 벌고 나서 결혼을 하겠습니다.**

  賺很多錢之後，（我）要結婚。

- **일기를 쓰고 나서 잡니다.**

  寫完日記後，睡覺。

- **그 영화를 보고 나서 울었습니다.**

  看完那部電影後，（我）哭了。

（三）V＋기 시작하다 開始…… MP3-073

「기 시작하다」接在動詞語幹之後，表示開始進行某種動作之意。

※句尾表現通常使用過去式。

說說看！

・**그림을 그리기 시작했습니다.**

開始畫畫了。

・**두 사람은 이야기하기 시작했습니다.**

兩人開始聊天（說話）了。

・**미주가 갑자기 웃기 시작했습니다.**

美珠突然開始笑了起來。

・**편지를 쓰기 시작했습니다.**

開始寫信了。

・**두 시간 전부터 공부하기 시작했습니다.**

二個小時前開始讀書了。

・**남쪽에는 꽃이 피기 시작했습니다.**

南部花已經開始開了。

（四）V／A＋게 되다
開始（終於）……起來了；變成……了　　MP3-074

　　動詞或形容詞語幹加上「게 되다」，表示事件的發展或狀況的改變。有「開始（終於）……起來了」、「變成……了」的意思。

※句尾表現通常使用過去式

例如：

・안 사랑했습니다. ➡ 사랑합니다.

　　（之前）不愛。　　　愛。

→ 사랑하게 되었습니다.

　　終於相愛了。

··············

・한국말을 못했습니다. ➡ 잘합니다.

　　（之前）不會說韓語。　很會說。

→ 한국말을 잘하게 되었습니다.

　　變得很會說韓語了。

··············

・안 좋아했습니다. ➡ 좋아합니다.

　　（之前）不喜歡。　喜歡。

→ 좋아하게 되었습니다.

　　變得喜歡了。

··············

・**늦게 일어났습니다. ➡ 일찍 일어납니다.**

（之前）晚起床。 （現在）早起床。

→ 일찍 일어나게 되었습니다.

變得早起了。

················

・**시골에 살았습니다. ➡ 서울에 삽니다.**

（之前）住在鄉下。 （目前）住在首爾。

→ 서울에 살게 되었습니다.

終於住在首爾了。

················

・**학교에 다녔습니다. ➡ 회사에 다닙니다.**

（之前）上學。 （目前）上班。

→ 회사에 다니게 되었습니다.

開始上班了。

················

・**이해를 못 했습니다. ➡ 이해합니나.**

（之前）不了解。 （目前）了解。

→ 이해하게 되었습니다.

開始了解了。

················

- **1(일) 년전에 한국말을 못했습니다.**

  一年前不會説韓語。

  그러나 열심히 공부해서 지금은 잘하게 되었습니다.

  但是很努力學習，現在變得很會説了。

- **어제 배가 많이 아팠습니다.**

  昨天肚子很痛。

  약을 먹어서 지금은 안 아프게 되었습니다.

  吃過藥之後，現在不痛了。

- **수미는 착하고 예쁩니다.**

  秀美乖巧又漂亮。

  그래서 나는 수미를 좋아하게 되었습니다.

  因此，我（開始變得）喜歡秀美了。

八、表達意念

（一）N＋에 가다　去……　MP3-075

　　「에」是表示場所、位置之助詞，後面常接「가다」（去）、「오다」（來）、「다니다」（上、來回），或是複合動詞「올라가다」（上去）、「내려가다」（下去）、「들어가다」（進去）等。

説説看！

・어제 어디(에) 갔습니까?	昨天去哪裡了？
→ 백화점에 갔습니다.	去百貨公司了。
→ 시장에 갔습니다.	去市場了。

・어디 갑니까?	去哪裡？
→ 은행에 갑니다.	去銀行。
→ 우체국에 갑니다.	去郵局。
→ 다방에 갑니다.	去咖啡廳。
→ 학교에 갑니다.	去學校。
→ 식당에 갑니다.	去餐廳。
→ 화장실에 갑니다.	去化妝室。
→ 지하철역에 갑니다.	去地鐵站。
→ 공원에 갑니다.	去公園。

（二）V＋고 싶다　想要……　MP3-076

「고 싶다」接在動詞之後，表示說話者的意圖、需求，有「想要」的意思。通常用於第一人稱。第二人稱、第三人稱則用「고 싶어하다」。

> 說說看！

- **배가 고픕니다. 밥을 먹고 싶습니다.**

  肚子餓。（我）想吃飯。

- **목이 마릅니다. 물을 마시고 싶습니다.**

  口渴。（我）想喝水。

- **설악산은 아름답습니다.**

  雪嶽山很美。

  설악산에 가고 싶습니다.

  （我）想去雪嶽山。

- **어머니가 그립습니다.**

  想念媽媽。

  어머니가 보고 싶습니다.

  （我）想見媽媽。

- **나는 영화를 보러 가고 싶습니다.**

  我想去看電影。

- **내 동생도 영화를 보러 가고 싶어합니다.**

  我的弟弟也想去看電影。

（三）V＋겠　將……；要……　MP3-077

「겠」屬於未來式，用於話者表達自己意念時，接在動詞語幹之後，表示「將」、「要」之意。

說說看！

- 버스정류장에서 기다리겠습니다.

（我）將在公車站等你。

- 내일 아침에 다시 오겠습니다.

明天早上我會再來。

- 제가 하겠습니다.

我來做。

- 무엇을 마시겠습니까?

您要喝什麼？

- 커피를 마시겠습니다.

（我）要喝咖啡。

- 다음 주에 제주도에 여행가겠습니다.

下週我要去濟州島旅行。

（四）V＋기로 하다

打算……；下定決心……；答應…… MP3-078

「기로 하다」接在動詞之後，用來表示承諾、決心、決定，有「打算」、「下定決心」、「答應」的意思（※句尾表現通常使用過去式）。

説説看！

· 내일 2(두)시에 만나기로 했습니다.

（我們）決定明天（下午）二點見面。

· 저녁에 다시 전화하기로 했습니다.

（我）打算傍晚時再打電話。

· 내일부터 일찍 일어나기로 했습니다.

（我）下定決心從明天開始要早起了。

· 담배를 끊기로 했습니다.

（我）下定決心（打算）要戒菸了。

· 술을 안 마시기로 했습니다.

（我）下定決心不喝酒了。

· 가을에 한국에 여행가기로 했습니다.

（我）決定（打算）秋天去韓國旅行了。

（五）V＋(으)ㄴ 적이 있다／없다
曾經……／未曾…… MP3-079

用來表示經驗，接在動詞語幹之後，「曾經」、「未曾」的意思。動詞語幹為母音時，加「ㄴ」，語幹為子音時，加「은」。

説説看！

- 김선생님을 종로에서 만난 적이 있습니다.

  （我）曾經在鐘路（首爾街道名）見過金老師。

- 나도 그 영화를 본 적이 있습니다.

  我也曾經看過那部電影。

- 한국 소설을 읽은 적이 있습니다.

  （我）曾經讀過韓國小説。

- 삼계탕을 먹은 적이 있습니다.

  （我）吃過蔘雞湯。

- 결석한 적이 없습니다.

  （我）未曾缺席過。

- 친구와 싸운 적이 없습니다.

  （我）不曾和朋友吵（打）過架。

（六）V＋(으)려고 하다 想要…… MP3-080

　　「(으)려고 하다」表示意圖、希望，表達意圖與期盼的心念比「고 싶다」強烈，接在動詞語幹之後，「想要……」的意思。動詞語幹為母音時，加「려고 하다」；語幹為子音時，加「으려고 하다」（※帶有「ㄹ」尾音的動詞，加「려고 하다」）。

說說看！

· **친구에게 전화를 걸려고 합니다.**
　（我）想打電話給朋友。

· **일요일에 집에서 쉬려고 합니다.**
　星期日我想要在家休息。

· **오후에 영화를 보러 가려고 합니다.**
　（我）下午想去看電影。

· **공원에 가서 사진을 찍으려고 합니다.**
　（我）想去公園拍照。

· **점심에 국수를 먹으려고 합니다.**
　午餐（我）想吃麵。

· **구두를 닦으려고 합니다.**
　（我）想要擦皮鞋。

九、冠形形（形容詞形）

冠形形就是形容詞形，通常放在名詞前面，用來修飾名詞。分現在式、過去式、未來式3種用法。

（一）관형형 현재 冠形形現在式 —MP3-081

冠形形現在式的表現中，通常表示動作的動詞語幹結尾（不論為母音或子音）或是連接「있다」、「없다」的狀態動詞，要變成冠形形修飾後面的名詞時，直接在語幹後面加上「는」；若動作動詞語幹結尾為「ㄹ」，結尾屬於「ㄹ不規則詞形變化」時，則「ㄹ」脫落，在語幹加上「는」；狀態動詞語幹為子音結尾時，則在語幹後面加上「은」；狀態動詞語幹若是母音結尾或是「ㄹ」不規則詞形變化時，則「ㄹ」脫落，在語幹加上「ㄴ」。

說說看！

・학생이 공부합니다.　　學生唸書。
→ 공부하는 학생　　唸書的學生

・영화가 재미있습니다.　　電影好看。
→ 재미있는 영화　　好看的電影

・꽃이 예쁩니다.　　花漂亮。
→ 예쁜 꽃　　漂亮的花

· 산이 높습니다.   山高。

→ 높은 산   高山

....

· 아기가 잡니다.   孩子睡覺。

→ 자는 아기   睡覺的孩子

....

· 친구가 책을 읽습니다.   朋友唸書。

→ 책을 읽는 친구   唸書的朋友

....

· 아이가 사탕을 먹습니다.   孩子吃糖果。

→ 사탕을 먹는 아이   吃糖果的孩子

....

· 소설이 재미없습니다.   小説沒趣。

→ 재미없는 소설   沒趣的小説

....

· 방이 깨끗합니다.   房間乾淨。

→ 깨끗한 방   乾淨的房間

....

· 바람이 시원합니다.   風涼快。

→ 시원한 바람   涼快的風

....

· 손이 작습니다.   手小。

→ 작은 손   小手

- 날씨가 좋습니다.　　　　　天氣好。

→ 좋은 날씨　　　　　　　好天氣

....

- 머리가 깁니다.　　　　　頭髮長。

→ 긴 머리　　　　　　　長頭髮

＊길다（長），屬於「ㄹ」不規則詞形變化。

....

- 나비가 납니다.　　　　　蝴蝶飛舞。

→ 나는 나비　　　　　　飛舞的蝴蝶

＊날다（飛），屬於「ㄹ」不規則詞形變化。

（二）관형형 과거 冠形形過去式 〔MP3-082〕

　　冠形形過去式的表現法，通常是在**動作動詞**或**狀態動詞**語幹後面直接加上「은」或「ㄴ」即可。當語幹為母音結尾或尾音是「ㄹ」時，加上「ㄴ」；語幹為子音結尾時，加上「은」（※「ㄹ」除外）。例如：

- 친구가 그림을 그렸습니다.　朋友畫畫了。

→ 친구가 그린 그림　　　朋友畫的畫

....

- 동생이 코트를 입었습니다.　弟弟穿外套了。

→ 동생이 입은 코트　　　弟弟穿的外套

....

此外，屬於殘斷型的冠形形，則在語幹後加「던」或「았 /
었던」，表示過去曾經有過的事實而現在已經不存在了。例如：

- 날씨가 좋았습니다.　　　　　天氣好。
- → 좋던 날씨. 或 좋았던 날씨　（曾經是）好天氣

....

- 영화가 재미있었습니다.　　　電影有趣。
- → 재미있던 영화　　　　　　（曾經是）有趣的電影

[說說看！]

- 친구가 노래를 했습니다.　　朋友唱歌了。
- → 노래를 한 친구　　　　　唱歌的朋友

....

- 어제 친구를 만났습니다.　　昨天見到朋友了。
- → 어제 만난 친구　　　　　昨天見到的朋友

....

- 며칠 전에 영화를 보았습니다.　幾天前看電影了。
- → 며칠 전에 본 영화　　　　幾天前看的電影

....

- 조금 전에 책을 읽었습니다.　剛才（不久前）唸書了。
- → 조금 전에 읽은 책　　　　剛才（不久前）唸的書

....

- 생일날 선물을 받았습니다.　生日那天收到禮物了。
- → 생일날 받은 선물　　　　生日那天收到的禮物

....

· 강이 깊었습니다.　　　　　　河深。

→ 깊던 강　　　　　　　　　（曾經是）深的河

················

· 꽃이 예뻤습니다.　　　　　　花漂亮。

→ 예쁘던 꽃　　　　　　　　（曾經是）漂亮的花

················

· 운동장이 넓었습니다.　　　　運動場寬廣。

→ 넓던 운동장　　　　　　　（曾經是）寬廣的運動場

················

· 키가 작았습니다.　　　　　　個子小。

→ 작던 키　　　　　　　　　（曾經是）小個子

（三）관형형 미래 冠形形未來式 　MP3-083

　　冠形形未來式的表現，通常在動詞語幹後面直接加上「을」或「ㄹ」即可。動詞語幹為母音結尾時，加上「ㄹ」；語幹為子音結尾時，加上「을」。

【說說看！】

· 친구를 만나겠습니다.　　　　（我）要見朋友。

→ 만날 친구　　　　　　　　（我）要見的朋友

················

· 영화를 보겠습니다.　　　　　（我）要看電影。

→ 볼 영화　　　　　　　　　（我）要看的電影

················

· 꽃을 사겠습니다. （我）要買花。

→ 살 꽃 （我）要買的花

....

· 술을 마시겠습니다. （我）要喝酒。

→ 마실 술 （我）要喝的酒

....

· 책을 읽겠습니다. （我）要唸書。

→ 읽을 책 （我）要唸的書

....

· 옷을 입겠습니다. （我）要穿衣服。

→ 입을 옷 （我）要穿的衣服

....

· 구두를 닦겠습니다. （我）要擦皮鞋。

→ 닦을 구두 （我）要擦的皮鞋

....

· 빵을 먹겠습니다. （我）要吃麵包。

→ 먹을 빵 （我）要吃的麵包

十、不規則詞形

（一）「ㅡ」불규칙 「ㅡ」的不規則詞形　MP3-084

　　通常含有「ㅡ」的語幹，在連接「았、아서」或「었、어서」時，「ㅡ」會被省略掉。當含有「ㅡ」的語幹，其前面為「아」即陽性母音時，連接「았、아서」；為陰性母音時，則連接「었、어서」。

※語幹母音為陽性母音：ㅏ、ㅗ＋았、아서
　語幹母音為陰性或中性母音：ㅓ、ㅜ、ㅡ、ㅣ＋었、어서

例如：

・아프 + 았습니다 → 아팠습니다
　아프 + 아서 → 아파서

・예쁘 + 었습니다 → 예뻤습니다
　예쁘 + 어서 → 예뻐서

・쓰 + 었습니다 → 썼습니다
　쓰 + 어서 → 써서

※「ㅡ」的不規則語彙有：아프다（痛）、나쁘다（壞）、고프다（餓）、예쁘다（漂亮）、슬프다（悲傷）、기쁘다（高興）、쓰다（寫；苦）、크다（大）

說說看！

・아프다：

→ 머리가 아픕니다.　　　　　　　　頭痛。

→ 어제 머리가 아팠습니다.　　　　　昨天頭痛。

→ 머리가 아파서 병원에 갔습니다.　　因為頭痛，所以去醫院。

- 나쁘다 :

→ 기분이 나쁩니다.   心情壞。

→ 기분이 나빴습니다.   心情壞透了。

→ 기분이 나빠서 일찍 집에 왔습니다.   因為心情壞，所以早點兒回家。

....

- 예쁘다 :

→ 손수건이 예쁩니다.   手帕漂亮。

→ 손수건이 예뻤습니다.   手帕漂亮。（過去式）

→ 손수건이 예뻐서 샀습니다.   因為手帕漂亮，所以就買了。

....

- 슬프다 :

→ 영화가 슬픕니다.   電影（情節）哀傷。

→ 영화가 슬펐습니다.   電影（情節）哀傷。（過去式）

→ 영화가 슬퍼서 많이 울었습니다.   因為電影（情節）哀傷，所以大哭了。

....

- 쓰다 :

→ 편지를 씁니다.   寫信。

→ 편지를 썼습니다.   寫信了。（過去式）

→ 편지를 많이 써서 손이 아픕니다.   因為寫很多信，所以手痛。

....

（二）「ㄹ」불규칙 「ㄹ」不規則詞形 ◆ MP3-085

以「ㄹ」結尾的動作動詞或狀態動詞屬於不規則詞形時，當在加「ㅂ니다 / 습니다」的敬語形語尾詞時，並不是按一般語幹為子音時加「습니다」，而是「ㄹ」會脫落，直接加「ㅂ니다」。例如：

- **살 + ㅂ니다 → 삽니다** 住
- **알 + ㅂ니다 → 압니다** 知道
- **멀 + ㅂ니다 → 멉니다** 遠
- **길 + ㅂ니다 → 깁니다** 長
- **놀 + ㅂ니다 → 놉니다** 玩

※「ㄹ」的不規則語彙有：멀다（遠）、살다（住）、알다（知道）、길다（長）、놀다（玩）、울다（哭）、달다（甜）、밀다（推）、만들다（製造）、졸다（想睡、打盹）、들다（用；享用）

＿說說看！＿

- **멀다：**
- → **집에서 학교까지 멉니까?**　　　從家裡到學校遠嗎？
- → **네, 좀 멉니다.**　　　是的，有點兒遠。

....

- **살다：**
- → **어디에 삽니까?**　　　（您）住在哪裡？
- → **강남구에 삽니다.**　　　（我）住在江南區。

....

· 알다 :

→ 송중기를 압니까?　　　　　　　（您）知道（認識）宋仲基嗎？

→ 네, 압니다.　　　　　　　　　是的，我知道（認識）。

....

· 길다 :

→ 정은 씨는 머리가 깁니까?　　　廷恩的頭髮長嗎？

→ 네, 머리가 깁니다.　　　　　　是的，頭髮長。

....

· 놀다 :

→ 아이들이 어디에서 놉니까?　　孩子們在哪裡玩？

→ 마당에서 놉니다.　　　　　　　在庭院裡玩。

....

· 울다 :

→ 아이가 많이 웁니까?　　　　　孩子大哭（一直哭）嗎？

→ 네, 많이 웁니다.　　　　　　　是的，大哭（一直哭）。

....

· 달다 :

→ 커피가 어떻습니까?　　　　　咖啡（味道）如何？

→ 좀 답니다.　　　　　　　　　有點兒甜。

（三）「ㅂ」불규칙 「ㅂ」不規則詞形 MP3-086

屬於「ㅂ」不規則的形容動詞語幹在連接「아 / 어서」或「았
습니다」時，並不是按一般規則詞形進行連接，而是其所連接的詞
會變成「워서」或「웠습니다」。

※「ㅂ」不規則的形容動詞有：
춥다（冷）、덥다（熱）、어렵다（難）、쉽다（容易）、뜨겁다（燙）、가
깝다（近）、차갑다（涼；冷）、아름답다（美麗）、무겁다（重）、가볍다
（輕）、맵다（辣）、싱겁다（淡）

說說看！

・춥다 :

→ 오늘은 춥습니다.　　　　　　　　　今天冷。

→ 어제도 추웠습니다.　　　　　　　　昨天也冷。

→ 추워서 옷을 많이 입었습니다.　　　因為冷，所以穿了很多衣服。

→ 추운 날에는 옷을 많이 입습니다.　在冷天裡穿很多衣服。

⋯⋯⋯⋯⋯⋯

・어렵다 :

→ 한국말은 어렵습니다.　　　　　　　韓語難。

→ 전에는 더 어려웠습니다.　　　　　之前更難。

→ 어려워서 열심히 공부했습니다.　　因為難，所以很努力學習。

→ 그렇지만 나는 어려운 한국말을 좋아합니다.
　　但是，我喜歡難（學）的韓語。

⋯⋯⋯⋯⋯⋯

• 뜨겁다 :

→ 커피가 뜨겁습니다.

　咖啡燙。

→ 물이 뜨거웠습니다.

　水燙。

→ 나는 커피가 뜨거워서 못 마십니다.

　因為咖啡燙，所以我沒辦法喝。

→ 나는 뜨거운 커피를 싫어합니다.

　我不喜歡（討厭）燙的咖啡。

....

• 가깝다 :

→ 집에서 회사까지 가깝습니다.

　從家裡到公司近。

→ 전에는 집에서 학교까지 가까웠습니다.

　之前從家裡到學校很近。

→ 집에서 학교까지 가까워서 언제나 일찍 도착했습니다.

　因為從家裡到學校近，所以總是很早就到了。

→ 그래서 지금도 회사에서 가까운 집에 살고 있습니다.

　因此，現在也住在離公司近的地方。

十一、其他

（一）위치 位置 `MP3-087`

通常表示位置、地點、場所時，在位置、地點、場所後加上「에」的語助詞，有「在……」的意思。

常見的位置、地點、場所有：위（上）、아래（下）、밑（底）、앞（前）、뒤（後）、옆（旁）、오른쪽（右邊）、왼쪽（左邊）、안（內；裡）、속（內；裡）、가운데（中間；中央）、밖（外）、겉（外；表）

説説看！

- **의자 밑에 구두가 있습니다.**

  椅子底下有皮鞋（皮鞋在椅子底下）。

- **탁자 위에 전화가 있습니다.**

  桌子上面有電話（電話在桌子上面）。

- **소파 뒤 책장 옆에 우산이 있습니다.**

  沙發後的書櫃旁邊有雨傘（雨傘在沙發後的書櫃旁邊）。

- **방 가운데 고양이가 있습니다.**

  房間的中央有貓（貓在房間的中央）。

- **책장 옆에 가방이 있습니다.**

  書櫃旁邊有書包（書包在書櫃旁邊）。

- **탁자 아래 안경이 있습니다.**

  桌子下面有眼鏡（眼鏡在桌子下面）。

‧ 사진관 오른쪽에 서점이 있고, 왼쪽에 문방구가 있습니다.

照相館右邊有書店，左邊有文具店。

（二）V＋고 있다　正在……（現在進行式） MP3-088

「고 있다」接續在動詞語幹後面，表示正在進行某項動作，意思是「正在……」。

說說看！

‧ 공부하고 있습니다.　　　　　　正在讀書（做功課）。

‧ 친구와 이야기하고 있습니다.　正在和朋友聊天。

‧ 라디오를 듣고 있습니다.　　　正在聽收音機。

‧ 친구를 기다리고 있습니다.　　正在等朋友。

‧ 신문을 보고 있습니다.　　　　正在看報紙。

‧ 빨래를 하고 있습니다.　　　　正在洗衣服。

（三）이、그、저　這；那；那 MP3-089

屬於代詞，離說話者距離最近時用「이」（這），其次為「그」（那），距離較遠的則用「저」（那）。

說說看！

‧ 이 사람은 내 친구입니다.　　這個人是我的朋友。

‧ 이 책상은 아주 비쌉니다.　　這書桌很貴。

- 저 손수건은 내 것입니다.　　　那手帕是我的。

- 저 사람을 좋아합니다.　　　　我喜歡那個人。

- 그 여자는 예쁩니다.　　　　　那個女生漂亮。

- 그 영화는 재미있습니다.　　　那部電影好看。

（四）V+(으)십시오　請……　MP3-090

　　屬於勸誘的肯定型，接在動詞之後，表示「請……」之意。動詞語幹為母音結尾時，加上「십시오」；為子音結尾時，加上「으십시오」。

説説看！

- 아홉 시까지 오십시오.　　　　請九點以前來。

- 여보세요. 네, 말씀하십시오.　喂！是，請講（請説）！

- 빨리 들어오십시오.　　　　　請快進來。

- 저쪽으로 앉으십시오.　　　　請往那邊坐。

- 맛있게 드십시오.　　　　　　請好好用餐（請享用）。

- 교실에서는 조용히 하십시오.　在教室裡請安靜。

（五）N＋이었습니다 / 였습니다　是…… ◁MP3-091

「N＋이었습니다」是「N＋입니다」的過去式，「이었」通常會合併成「였」。例如：

現在式	過去式
첫날입니다. 是第一天。	첫날이었습니다. 是第一天。
일요일입니다. 是星期日。	일요일이었습니다. 是星期日。
학생입니다. 是學生。	학생이었습니다. 曾經是學生。
우리집입니다. 是我們家。	우리집이었습니다. 曾經是我們家。
친구입니다. 是朋友。	친구이었습니다. 曾經是朋友。

說說看！

- 오늘은 일요일입니다. 　　今天是星期日。

  어제는 토요일이었습니다. 　昨天是星期六。

- 나는 지금 회사원입니다. 　　我現在是上班族。

  1(일)년 전에는 학생이었습니다. 　一年前是學生。

- 여기는 내 친구집입니다. 　　這裡是我朋友的家。

  전에는 우리집이었습니다. 　以前是我們家。

（六）V＋는 것　……的事 ◁MP3-092

接在動詞之後，使動詞名詞化，成為句子的主詞或受詞。

說說看！

- 나는 그림 그리는 것을 좋아합니다. 　我喜歡畫畫。

- 나는 영화 보는 것을 싫어합니다. 　我不喜歡（討厭）看電影。

- 아이들이 노래하는 것을 들었습니다. 　我聽到孩子們唱歌。

- 나는 여행하는 것을 좋아합니다. 　我喜歡旅行。

- 어디에 가는 것이 좋습니까? 　去哪裡好呢？

- 무엇을 하는 것이 좋습니까? 　做什麼好呢？

（七）V / A＋(으)면
⋯⋯的話；要是⋯⋯；假如⋯⋯　MP3-093

　　屬於假設語氣，是接續在動詞或形容動詞語幹之後的連接詞。
當語幹為母音結尾時，接「면」；為子音結尾時，接「으면」（※
「ㄹ」除外）。

説説看！

- 비가 오면 안 가겠습니다.

　要是下雨，（我）就不去。

- 몸이 아프면 병원에 가 보십시오.

　身體要是不舒服，請去醫院看看。

- 창문을 열면 시원합니다.

　要是打開門窗，會很涼快。

- 전화를 걸면 바로 나가겠습니다.

　（你）來電話的話，（我）就馬上出去。

- 시간이 있으면 꼭 가겠습니다.

　要是有時間的話，（我）一定會去。

- 돈이 많이 있으면 여행을 가겠습니다.

　要是有很多錢，（我）要去旅行。

（八）V / A ＋(으)ㄴ 것 같다 似乎……；好像……

表示「看起來似乎是……」、「好像……」之意，接續在動作動詞或狀態動詞語幹之後。當語幹為母音時，直接加上「ㄴ 것 같다」，語幹為子音時，加上「은 것 같다」。

> 說說看！

- **감기에 걸린 것 같아요.**

  （我）好像感冒了。

  그럼 주스를 마시고 집에서 푹 쉬세요.

  那麼，（你）就喝果汁後在家好好地休息吧！

- **커피에 설탕이 적은 것 같아요.**

  咖啡裡的糖好像很少。

  그럼 설탕을 더 넣으세요.

  那麼，（你）就多放一些糖吧！

- **혜군 씨하고 정은 씨 같이 갔어요?**

  惠君和廷恩一起去了嗎？

  아니요. 정은 씨 혼자 간 것 같아요.

  不。好像是廷恩自己去的樣子。

- **혜군 씨 생일이 언제예요?**

  惠君的生日是什麼時候？

  내일인 것 같아요.

  好像是明天。

- **요즘 정은 씨 못 봤어요?**

  最近沒見到廷恩嗎？

  못 봤어요. 요즘 바쁜 것 같아요.

  沒見到，最近（她）好像很忙。

Chapter 6

附　錄

一 實用分類單字篇

二 簡易常用會話篇

一、實用分類單字篇

（一）숫자 數字 　MP3-095

・한자어 숫자 漢字音數字

일 一	이 二	삼 三	사 四	오 五
육(륙) 六	칠 七	팔 八	구 九	십 十
백 百	천 千	만 萬	십만 十萬	백만 百萬
천만 千萬	억 億	조 兆		

・고유어 숫자 純韓文數字

하나 一	둘 二	셋 三	넷 四	다섯 五
여섯 六	일곱 七	여덟 八	아홉 九	열 十
스물 二十	서른 三十	마흔 四十	쉰 五十	예순 六十
일흔 七十	여든 八十	아흔 九十		

첫째 第一	둘째 第二	셋째 第三	넷째 第四	다섯째 第五
여섯째 第六	일곱째 第七	여덟째 第八	아홉째 第九	열째 第十
열한째 第十一	스무(번)째 第二十	스물 한(번)째 第二十一		

＊量詞「…째」是表示「第……」；「…번째」是「第……次」、「第……號」、「第……位」的意思。

（二）양사 量詞 MP3-096

수량명사 數量名詞	명 名；位；人	사람 人	마리 匹；隻	권 冊；本；卷

그릇 碗	잔 杯	대 台；輛

（三）위치 位置 MP3-097

위치 位置	위 上	아래 下	밑 下；底	앞 前

뒤 後	옆 旁	오른쪽 右邊	왼쪽 左邊

안 內、裡（空間較大的）	속 內；裡（空間較小的、抽象的）

밖 外	겉 表面；外

（四）계절, 월(달) 季節、月份 MP3-098

봄 春	여름 夏	가을 秋	겨울 冬
일월 一月	이월 二月	삼월 三月	사월 四月
유월 六月	칠월 七月	팔월 八月	구월 九月
십일월 十一月	십이월 十二月		

오월 五月
시월 十月

（五）요일 星期 MP3-099

일요일 【日曜日】 星期日	월요일 【月曜日】 星期一	화요일 【火曜日】 星期二	수요일 【水曜日】 星期三	목요일 【木曜日】 星期四
금요일 【金曜日】 星期五	토요일 【土曜日】 星期六			

그그저께 大前天	그저께 前天	어제 昨天	오늘 今天	내일 明天

모레 後天	글피 大後天

（六）가족호칭　家族稱呼　MP3-100

가족 家族、家人	할아버지 爺爺；祖父	할머니 奶奶；祖母	외할아버지 外公
외할머니 外婆	아버지 爸爸；父親	어머니 媽媽、母親	남편 【男便】 丈夫；老公
아내 妻子；老婆	시아버지 公公	시어머니 婆婆	며느리 媳婦
형 兄；哥 （男生稱呼哥哥時）	오빠 哥 （女生稱呼哥哥時）	누나 姊 （男生稱呼姊姊時）	언니 姊 （女生稱呼姊姊時）
나 我	저 我（謙稱自己）	남동생 弟弟	여동생 妹妹

큰 아버지	작은 아버지	삼촌	외삼촌
伯父	叔父	【三寸】	【外三寸】
		叔叔	舅舅

이모	고모	조카	아들
【姨母】	【姑母】	姪子、外甥	兒子
姨、姨媽	姑、姑媽		

딸	손자
女兒	孫子

（七）신체 부위 身體部位　MP3-101

・머리 頭

정수리	머리카락	뇌
頭頂	頭髮	腦

・얼굴 臉

앞머리	이마	눈썹	눈
瀏海	額頭	眉毛	眼睛

광대	광대뼈	귀	코
顴（皮膚表面）	顴骨（骨頭）	耳朵	鼻子

| 인중
人中 | 입
嘴巴 | 볼
臉頰 | 보조개
酒窩 |

| 턱
下巴 | 턱수염
下巴的鬍子 | 콧수염
位於鼻子和嘴唇中間的鬍子 |

| 수염
鬍子（總稱） |

· 눈 眼

| 눈까풀
眼皮 | 쌍까풀
雙眼皮 | 홑(으로 된) 눈까풀
單眼皮 | 속눈썹
睫毛 |

| 눈동자 / 동공
瞳孔 | 애교살
眼袋 | 눈곱
眼屎 |

· 코 鼻子

| 콧구멍
鼻孔 | 코끝
鼻頭；鼻尖 | 콧등 / 콧날
鼻梁 | 코피
鼻血 |

| 코딱지
鼻屎 |

· 귀 耳朵

귓구멍	귓볼	귀지
耳道	耳垂	耳屎

· 입 嘴巴

입술	윗 입술	아랫 입술	이
嘴唇	上嘴唇	下嘴唇	牙齒

혀	침
舌	口水

· 몸 身體

어깨	쇄골	겨드랑이	겨드랑이 털
肩膀	鎖骨	腋下	腋毛

겨털	목	목구멍	등뼈 / 척추
腋毛(年輕人用法)	脖子	喉嚨	脊椎

등	가슴	배	배꼽
背	胸	肚子	肚臍

허리	골반	엉덩이	똥구멍 / 항문
腰	骨盆	臀部	肛門

・다리 腿

허벅지 大腿	**무릎** 膝蓋	**정강이** 小腿（前）	**종아리** 小腿（後）
종아리 알 蘿蔔腿	**발목** 腳踝	**발등** 腳背	**발뒤꿈치** 腳後跟
발바닥 腳底			

・팔 手臂

팔꿈치 手肘	**손목** 手腕

・손 手

손등 手背	**손바닥** 掌心	**손금** 掌紋	**지문** 指紋
손가락 手指	**손톱** 手指甲	**엄지** 大拇指	**검지** 食指
중지 中指	**약지** 無名指	**새끼손가락** 小拇指	

- 발 脚

발톱	발가락
腳趾甲	腳趾

- 기타 其他

주름	근육	땀	땀냄새
皺紋	肌肉	汗	汗臭

때	털	점	가래
汗垢	毛	痣	痰

콧물	비듬	발냄새	무좀
鼻水、鼻涕	頭皮屑	腳臭味	香港腳

암내	여드름	기미	딱지
狐臭	青春痘	黑斑	結痂

주근깨	다크서클
雀斑	黑眼圈

（八）띠와 동물 生肖與動物 MP3-102

띠 生肖	동물 動物	쥐 鼠	소 牛
호랑이 / 범 老虎	토끼 兔子	용 龍	뱀 蛇
말 馬	양 羊	염소 山羊	흑염소 黑山羊
원숭이 猴子	침팬치 【 chimpanzee 】 紅毛猩猩	고릴라 【 gorilla 】 大猩猩	닭 雞
개 狗	돼지 豬	코끼리 大象	고양이 貓
거북이 烏龜	사슴 鹿	하마 河馬	기린 長頸鹿
다람쥐 松鼠	새 鳥	참새 麻雀	제비 燕子
두루미 鷺鷥	두더지 鼴鼠、土撥鼠	따오기 朱鷺	뻐꾸기 布穀鳥

기러기	파리	모기	잠자리
雁	蒼蠅	蚊子	蜻蜓

나비	벌레	누에	지렁이
蝴蝶	昆蟲、蟲	蠶	蚯蚓

（九）서양 별자리 西洋星座 MP3-103

별자리	물병자리	물고기자리	양자리
	【 Aquarius 】	【 Pisces 】	【 Aries 】
星座	水瓶 / 寶瓶座	雙魚座	牡羊座

황소자리	쌍둥이자리	게자리	사자자리
【 Taurus 】	【 Gemini 】	【 Cancer 】	【 Sagittarius 】
金牛座	雙子座	巨蟹座	獅子座

처녀자리	천칭자리	전갈자리	궁수자리
【 Virgo 】	【 Libra 】	【 Scorpio 】	【 Sagittarius 】
處女座	天秤座	天蠍座	射手座

염소자리
【 Capricorn 】
魔羯 / 山羊座

（十）색깔, 색상 顏色 MP3-104

색깔 顏色	색상 顏色、色彩	녹색 綠色	초록색 草綠色
빨간색 紅色	하얀색 / 흰색 白色	노란색 黃色	검은색 / 흑색 黑色
검정색 黑色	푸른색 藍色	분홍색 粉紅色	주황색 橘色
자주색 / 보라색 紫色			

（十一）한국요리 韓國菜 MP3-105

메뉴 【menu】 菜單	한정식 韓定食	불고기 烤肉	비빔밥 拌菜飯
돌솥비빔밥 石鍋拌菜飯	설렁탕 牛肉片湯	갈비탕 牛排湯	육개장 辣牛肉湯
해장국 醒酒（解腸）湯	물냉면 【水冷麵】 涼麵（湯）	비빔냉면 【拌冷麵】 辣拌涼麵（乾）	메밀국수 蕎麥麵

※韓定食包含有白飯、配菜、泡菜、魚或肉、湯等

삼계탕
蔘雞湯

매운탕
辣魚湯

된장찌개
韓式豆醬湯

순두부찌개
辣豆腐湯

김치찌개
泡菜鍋

해물잡탕
海鮮湯

곱창전골
牛腸（雜）火鍋

회
【膾】
生魚片

콩나물밥
豆芽菜飯

곰탕
牛骨湯

꼬리곰탕
牛尾湯

우족
【牛足】
牛腳

돼지족발
豬腳

도가니탕
牛筋湯

숯불갈비
炭烤牛排

생선구이
烤魚

갈치구이
烤白帶魚

꽁치구이
烤秋刀魚

새우튀김
炸蝦

장어구이
烤鰻魚

파전
蔥餅

해물전
海鮮餅

녹두전
綠豆煎餅

떡볶이
辣炒年糕

만두
餃子

물만두
湯餃

찐만두
蒸餃

（十二）식재료 食材

파 蔥	마늘 蒜	생강 生薑	깻잎 芝麻葉
상추 生菜、萵苣	참치 鮪魚	배추 白菜	김치 泡菜
물김치 水泡菜	시금치 菠菜	잡채 【雜菜】 什錦炒冬粉	가지 茄子
오이 小黃瓜	피망 甜椒；青椒	호박 胡瓜、南瓜、櫛瓜	당근 胡蘿蔔
고추 辣椒	고추장 辣椒醬	된장 韓式豆醬	김 海苔
미역 海帶	미역국 海帶湯	토종닭 土雞	오골계 烏骨雞
콩나물 黃豆芽	감자 馬鈴薯	감자전 馬鈴薯餅	고구마 番薯、地瓜
설탕 糖	소금 鹽	미원 味素	간장 醬油

쌀 米	**찹쌀** 糯米	**쌀밥** 米飯	**아침밥** 早餐
점심 午飯	**저녁밥** 晚飯	**죽** 粥	**밥** 飯
식품 食品	**궁중요리** 宮中料理	**쇠갈비** 牛小排	**돼지고기** 豬肉

（十三）과일　水果　MP3-107

과일 水果	**감** 柿子	**홍시** 紅柿子	**귤** 橘子
바나나 香蕉	**파인애플** 鳳梨	**포도** 葡萄	**딸기** 草莓
참외 香瓜	**수박** 西瓜	**사과** 蘋果	**배** 梨
복숭아 水蜜桃	**백도** 白桃	**황도** 黃桃	**자두복숭아** 玫瑰桃
살구 杏	**자두** 李子		

（十四）옷감과 복장　衣料與服裝 MP3-108

양복 洋服、西裝	**저고리** 韓服上衣	**상의** 上衣	**코트** 【 coat 】 外套
외투 外套	**바지** 褲子	**청바지** 牛仔褲	**넥타이** 【 necktie 】 領帶
와이셔츠 襯衫	**블라우스** 【 blouse 】 女襯衫	**스커트** 【 skirt 】 裙子	**치마** 裙子
슬랙스 【 slacks 】 女褲	**원피스** 【 one piece 】 洋裝	**투피스** 套裝（兩件式）	**스웨터** 毛衣
폴로티셔츠 【 polo shirt 】 POLO衫	**티셔츠** 【 T-shirts 】 T恤	**손수건** 手帕	**스카프** 【 scarf 】 絲巾
무명 棉布	**마(린넨)** 麻布	**비단** 綢緞	**울** 【 wool 】 羊毛
나이롱 【 nylon 】 尼龍	**폴리에스터** 【 polyester 】 聚酯纖維		

（十五）술 종류 酒類　MP3-109

술 酒	맥주 啤酒	소주 燒酒	청주 清酒
인삼주 人蔘酒	막걸리 濁酒（傳統米酒）	경주법주 慶州法酒（屬於米酒類）	포도주 葡萄酒

（十六）교육 教育　MP3-110

교육 教育	초등학교 國小	중학교 國中	고등학교 高中
교장 校長	대학교 【大學校】 大學	총장 【總長】 大學校長	과 【科】 科；系
학과 學系；科系	교학과 教務處	과장 系主任	교수 教授
학장 【學長】 學院院長	대학 【大學】 學院；專科	대학원 【大學院】 研究所	치과대학 【齒科大學】 牙醫學院
의과대학 【醫科大學】 醫學院	이공대학 【理工大學】 理工學院	문과대학 【文科大學】 文學院	석사과정 碩士課程

| 박사과정
博士課程 | 침구
針灸 | 의원
【醫院】
診所 | 한의원
韓醫診所 |

| 부속병원
【附屬病院】
附屬醫院 | 학원
【學院;學苑】
補習班 | 학원 원장
補習班主任 |

（十七）국가(나라), 지역 國家、地區 MP3-111

| 국가 / 나라
國家 | 대만
【Taiwan】
臺灣 | 중국
【China】
中國 | 홍콩
【Hong Kong】
香港 |

| 일본
【Japan】
日本 | 한국
【Korea】
韓國 | 서울
【Seoul】
首爾 | 미국
【U.S.A】
美國 |

| 영국
【United Kingdom】
英國 | 런던
【London】
倫敦 | 프랑스
【France】
法國 | 이집트
【Egypt】
埃及 |

| 요르단
【Jordan】
約旦 | 네덜란드
【Netherlands】
荷蘭 | 터키
【Turkey】
土耳其 | 그리스
【Greece】
希臘 |

뉴질랜드
【 New Zealand 】
紐西蘭

이라크
【 Iraq 】
伊拉克

태국
【 Thailand 】
泰國

필리핀
【 Philippines 】
菲律賓

마닐라
【 Manila 】
馬尼拉

캄보디아
【 Cambodia 】
柬埔寨、高棉

스페인
【 Spain 】
西班牙

레바논
【 Lebanon 】
黎巴嫩

브라질
【 Brazil 】
巴西

유고슬라비아
【 Yugoslavia 】
南斯拉夫

독일
【 Germany 】
德國

스위스
【 Swiss 】
瑞士

제네바
【 Geneva 】
日內瓦

콜롬비아
【 Colombia 】
哥倫比亞

멕시코
【 Mexico 】
墨西哥

인도
【 India 】
印度

오스트레일리아
【 Australia 】
澳大利亞、澳洲

호주
【 Australia 】
澳洲

루마니아
【 Romania 】
羅馬尼亞

헝가리
【 Hungary 】
匈牙利

아르헨티아
【 Argentina 】
阿根廷

캐나다
【 Canada 】
加拿大

남아프리카공화국
【 South Africa 】
南非共和國

스리랑카
【 Sri Lanka 】
斯里蘭卡

덴마크
【 Denmark 】
丹麥

아일랜드
【 Ireland 】
愛爾蘭

시리아
【 Syria 】
敘利亞

사우디아라비아
【 Saudi Arabia 】
沙烏地阿拉伯

방글라데시 【 Bangladesh 】 孟加拉	이태리 / 이탈리아 【 Italy 】 義大利	베트남 【 Vietnam 】 越南	쿠바 【 Cuba 】 古巴
파키스탄 【 Pakistan 】 巴基斯坦	인도네시아 【 Indonesia 】 印尼	자카르타 【 Jakarta 】 雅加達	

二、簡易常用會話篇

（一）인사 問候 ─ MP3-112

1. 안녕하십니까?   您好嗎？

   안녕하세요!   您好！

......

2. 감사합니다.   謝謝！（對上、敬語）

   고맙습니다.   謝謝！（對上、敬語）

   고마워요.   謝謝！（對中、普通客套）

   고마워.   謝謝！（對下或平輩、卑語）

......

3. 오랜만입니다.   好久不見！

   오랜만이에요.   好久不見！

......

4. 오늘 바빠요?   今天忙嗎？

   아니요. 안 바빠요.   不。不忙。

......

5. 처음 뵙겠습니다.   久仰！久仰！（幸會！）

......

6. 저는 이정은이라고 합니다.　　　　我叫李婷恩。

　　저는 이정은입니다.　　　　　　　我是李婷恩。

....

7. 만나서 반갑습니다.　　　　　　很高興認識你！

....

8. 잠깐만 기다리세요.　　　　　　請稍候！

....

9. 좀 도와주십시오.　　　　　　　請幫忙一下。

　　제가 도와드릴게요.　　　　　　我來幫您。

....

10. 여보세요. 거기 사장님 댁이지요?　喂！請問是總經理公館
　　　　　　　　　　　　　　　　　　（府上）嗎？

　　네, 미안하지만 누구십니까?　　是的，不好意思，
　　　　　　　　　　　　　　　　請問您是哪位？

....

11. 지금 사장님 계십니까?　　　　現在總經理在嗎？

（二）사과　道歉　MP3-113

1. **죄송합니다.**　　　　　　　　　　對不起！（對上、敬語）

　　　　　　　　　　　　　　　　　　（做錯事感到抱歉時）

　　죄송해요.　　　　　　　　　　　對不起！（對中、普通客套）

　　죄송해.　　　　　　　　　　　　對不起！（對下或平輩、卑語）

2. **미안합니다.**　　　　　　　　　　對不起！（對上、敬語）

　　미안해요.　　　　　　　　　　　對不起！（對中、普通客套）

　　미안해.　　　　　　　　　　　　對不起！（對下或平輩、卑語）

　　늦어서 미안합니다.　　　　　　對不起遲到了。（對上、敬語）

　　늦어서 미안해요.　　　　　　　對不起遲到了。（對中、普通客套）

3. **실례합니다.**　　　　　　　　　　（客氣語）失禮了！不好意思！

　　실례하지만 말씀 좀 묻겠습니다.　不好意思，請問一下。

4. **괜찮아요?**　　　　　　　　　　　不要緊（沒關係）吧？

　　네, 괜찮아요.　　　　　　　　　是的，不要緊（沒關係）。

（三）작별 인사 道別 ◀ MP3-114

1. 안녕히 가십시오! （主對客）請慢走！（對上、敬語）

　　안녕히 가세요! （主對客）請慢走！（對上、敬語）

　　잘 가세요! 請慢走！（對中、普通客套）

　　잘 가요! 慢走！（對中、普通客套）

　　잘 가! 慢走！（對下或平輩、卑語）

　　안녕! 再見！（對下或平輩、卑語）

....

2. 안녕히 계십시오! （客對主）請留步！（對上、敬語）

　　안녕히 계세요! （客對主）請留步！（對上、敬語）

　　잘 있어요! （客對主）留步！（對中、普通客套）

　　잘 있어! （客對主）留步！（對下或平輩、卑語）

....

3. 사랑합니다. 我愛你！（對上、敬語）

　　사랑해요. 我愛你！（對中、普通客套）

　　사랑해. 我愛你！（對下或平輩、卑語）

（四）식사 用餐 　MP3-115

1. 배가 안 고파요? 　　　　　　（你）肚子不餓嗎？

　네, 안 고파요. 　　　　　　　是的，（我）不餓。

....

2. 바빠서 점심 못 먹었어요. 　　太忙了，沒吃午飯。

....

3. 진지 잡수세요! 　　　　　　請用餐！（對上、敬語）

　진지 드십시오! 　　　　　　請用餐！（對上、敬語）

　식사하세요! 　　　　　　　請用餐！（對中上、敬語）

　식사해요! 　　　　　　　　吃飯！（對中、普通客套）

　밥을 먹어요! 　　　　　　吃飯！（對中、普通客套）

　식사해! 　　　　　　　　　吃飯！（卑語）

　밥 먹어! 　　　　　　　　吃飯！（卑語）

....

4. 이게 뭐예요? 　　　　　　這是什麼？

　비빔밥이에요. 　　　　　　是韓式拌飯。

....

5. 이거 매워요? 　　　　　　這個辣嗎？

　안 매워요. 　　　　　　　不辣。

　안 맵게 해 주세요. 　　　　請不要做得太辣。

....

6. 여기요. 반찬 좀 더 주세요.　喂！這兒請再給點小菜。

....

7. 배 고파요.　肚子餓。

　목 말라요.　口渴。

（五）축하　祝賀　MP3-116

· 건강하세요.　祝您健康！

　행복하세요.　祝您幸福！

　생일 축하합니다.　（祝）生日快樂！

（六）교통, 위치　交通、位置　MP3-117

1. 서울역으로 가 주세요.　請載我去首爾火車站。

....

2. 저기 네거리에서 오른쪽으로 가 주세요.

　請在那個十字路口往右轉。

....

3. 저기서 세워주세요.　請在那裡停車。

....

4. 지하철역이 어디 있어요?　地下鐵站在哪裡？

　저쪽으로 가세요!　請往那邊走。

....

5. 뭐 타고 회사에 와요? （你）搭什麼車來公司？

버스를 타고 회사에 와요. （我）搭公車來公司。

6. 사무실이 몇 층에 있어요? 辦公室在幾樓？

삼층에 있어요. 在三樓。

（七）쇼핑 購物 MP3-118

1. 어서 오십시오! 歡迎光臨！

어서 오세요! 歡迎光臨！

2. 얼마입니까? 多少錢？

얼마예요? 多少錢？

천원 이에요. 是一千元。

3. 빵 있어요? 有麵包嗎？

네, 있어요. 是的，有。

4. 어느 백화점에 가요? （你）去哪個百貨公司？

롯데백화점에 가요. （我）去樂天百貨公司。

5. 백화점에서 무엇을 사요? （你）在百貨公司買什麼？

바지하고 구두를 사요. （我）買褲子和鞋子。

（八）공부 學習　MP3-119

1. 한국어 공부 많이 했어요?　　　　　　　（你）學了很多韓語嗎？

　 저는 한국어를 조금 공부했어요.　　　　　我學了一些韓語。

....

2. 한국어를 할 줄 알아요?　　　　　　　（你）會說韓國話嗎？

　 저는 한국어를 조금 할 줄 알아요.　　　　我會說一點韓國話。

....

3. 한국어는 아주 쉬워요.　　　　　　　　韓語很容易（學）。

....

4. 중국어는 아주 어려워요.　　　　　　　中文很難（學）。

....

5. 몇시부터 몇시까지 공부해요?　　　　　從幾點上課到幾點為止？

　 7(일곱) 시부터 9(아홉) 시반까지 공부해요.　從七點上課到九點半。

....

6. 저는 한국어를 배우러 학교에 가요.　　　我去學校學韓文。

（九）시간, 친구 사귀기 時間、交友 — MP3-120

1. 지금 몇 시예요?　　　　　　　　現在是幾點？

　3(세) 시 반이에요.　　　　　　　是三點半。

....

2. 어디 가요?　　　　　　　　　（你）去哪裡？

　학교에 가요.　　　　　　　　（我）去學校。

....

3. 같이 갑시다.　　　　　　　　（我們）一起走吧！

　※（注意發音[ㅌ]＋[이]＝[치]）

....

4. 어제 뭘 했어요?　　　　　　　昨天做了什麼？

　영화를 봤어요.　　　　　　　看電影了。

....

5. 누구하고 같이 영화를 보러 갔어요?　（你）跟誰去看電影了？

　친구하고 같이 영화를 보러 갔어요.　（我）跟朋友去看電影了。

....

6. 무슨 영화를 봤어요?　　　　　看了什麼電影？

　"친구"라는 영화를 봤어요.　　看了《朋友》這部電影。

....

7. 어디에서 왔어요?　　　　　　　　請問（你）是哪裡人？
　　　　　　　　　　　　　　　　　　（從哪來的？）

　　대만에서 왔어요.　　　　　　　（我是）從台灣來的。

　　저는 대만 사람입니다.　　　　　我是台灣人。

....

8. 어제 누구한테서 전화왔어요?　　昨天誰來電話了？

　　영수 씨한테서 전화왔어요.　　英修來電話了。

....

9. 저 사람은 누구예요?　　　　　　那個人是誰？

　　친구예요.　　　　　　　　　　是朋友。

....

10. 우리 저녁에 만날까요?　　　　我們傍晚見面好嗎？

　　네, 좋아요. 같이 차를 한잔 마십시다.　好啊！一起喝杯茶吧！

....

11. 어디에서 만날까요?　　　　　在哪裡見面好呢？

　　고려다방에서 만납시다.　　　在高麗咖啡廳見面吧！

....

12. 집이 어디예요?　　　　　　　（你）家在哪裡？

　　고려대 앞에 있어요.　　　　　在高麗大學前面。

....

13. 집에서 학교까지 얼마나 걸려요?　　從家裡到學校要走多久？

오분쯤 걸려요.　　大概花五分鐘左右。

한 오분쯤 걸으면 돼요.　　大概走五分鐘就行了。

....

14. 날씨가 꽤 춥죠?　　天氣相當冷吧？

....

15. 뭐 마실래요?　　（您）想要喝什麼？

....

16. 오늘 뭐 할까요?　　今天做什麼好呢？

....

17. 영화를 보고 싶어요.　　（我）想看電影。

....

18. 정말이에요?　　是真的嗎？

정말?　　真的嗎？（半語、卑語）

....

19. 글쎄요.　　這個嘛！

（十）기타 其他 MP3-121

1. 담배를 피우지 마세요.　　　　　　　請勿抽煙。

....

2. 술을 너무 많이 마시지 마세요.　　　請不要喝太多的酒。

....

3. 이름이 뭐예요?　　　　　　　　　　你叫什麼名字？

　　성함이 어떻게 되십니까?　　　　請問您貴姓？

　　소이입니다.　　　　　　　　　　我叫素怡。

....

4. 여보세요! 소이 씨 좀 바꿔 주세요.　　喂。請轉素怡小姐。

　　　　　　　　　　　　　　　　　　（請素怡小姐聽電話。）

....

5. 부산에 가고 싶어요.　　　　　　　我想去釜山。

　　부산은 정말 좋아요.　　　　　　釜山真的很好。

　　　　　　　　　　　　　　　　　　（我真的很喜歡釜山。）

....

6. 방 있어요?　　　　　　　　　　　有房間嗎？

　　침대방으로 주세요.　　　　　　請給我帶床的房間。

　　온돌방으로 주세요.　　　　　　請給我有暖炕（地暖）的房間。

MEMO

MEMO

MEMO

國家圖書館出版品預行編目資料

新我的第一堂韓語課 QR Code版 / 游娟鐶著
-- 修訂初版 -- 臺北市：瑞蘭國際, 2022.02
208面；17 × 23公分 --（繽紛外語系列；113）
ISBN：978-986-5560-61-4（平裝）
1. CST：韓語 2. CST：讀本

803.28   111000830

繽紛外語系列 113

新我的第一堂韓語課 QR Code 版

作者｜游娟鐶
責任編輯｜潘治婷、王愿琦
校對｜游娟鐶、潘治婷、王愿琦

韓語錄音｜裴英蘭
錄音室｜采漾錄音製作有限公司
封面設計、版型設計、內文排版｜余佳憓、陳如琪
美術插畫｜Syuan Ho

瑞蘭國際出版

董事長｜張暖彗・社長兼總編輯｜王愿琦
編輯部
副總編輯｜葉仲芸・主編｜潘治婷
設計部主任｜陳如琪
業務部
經理｜楊米琪・主任｜林湲洵・組長｜張毓庭

出版社｜瑞蘭國際有限公司・地址｜台北市大安區安和路一段104號7樓之一
電話｜(02)2700-4625・傳真｜(02)2700-4622・訂購專線｜(02)2700-4625
劃撥帳號｜19914152 瑞蘭國際有限公司
瑞蘭國際網路書城｜www.genki-japan.com.tw

法律顧問｜海灣國際法律事務所　呂錦峯律師

總經銷｜聯合發行股份有限公司・電話｜(02)2917-8022、2917-8042
傳真｜(02)2915-6275、2915-7212・印刷｜科億印刷股份有限公司
出版日期｜2022年02月初版1刷・定價｜380元・ISBN｜978-986-5560-61-4
　　　　　2022年10月初版2刷